A VIDA VERDADEIRA DE DOMINGOS XAVIER

VOZES DA ÁFRICA

A VIDA VERDADEIRA DE DOMINGOS XAVIER

José Luandino Vieira

kapulana
São Paulo
2024

A editora optou por adaptar o texto para a grafia da língua portuguesa de expressão brasileira.

Direção editorial: Rosana Morais Weg
Projeto gráfico e diagramação: Daniela Miwa Taira
Capa e ilustrações: Mariana Fujisawa

Vieira, José Luandino
A vida verdadeira de Domingos Xavier/ José Luandino Vieira. -- 1. ed. -- São Paulo: Kapulana, 2024.

ISBN 978-65-87231-33-4

1. Ficção angolana (Português) I. Título.

23-187587 CDD-A869.3

Índices para catálogo sistemático:
Dados internacionais de Catalogação na Publicação (CIP)
(Câmara Brasileira do Livro)

REPÚBLICA PORTUGUESA
CULTURA

DIREÇÃO-GERAL DO LIVRO,
DOS ARQUIVOS E DAS BIBLIOTECAS

Edição apoiada pela
DGLAB – Direção-Geral do Livro, dos Arquivos e das Bibliotecas / Cultura – Portugal

2024

Av. Francisco Matarazzo, 1752, cj. 1604, CEP 05001-200, São Paulo, SP, Brasil
editora@kapulana.com.br — www.kapulana.com.br

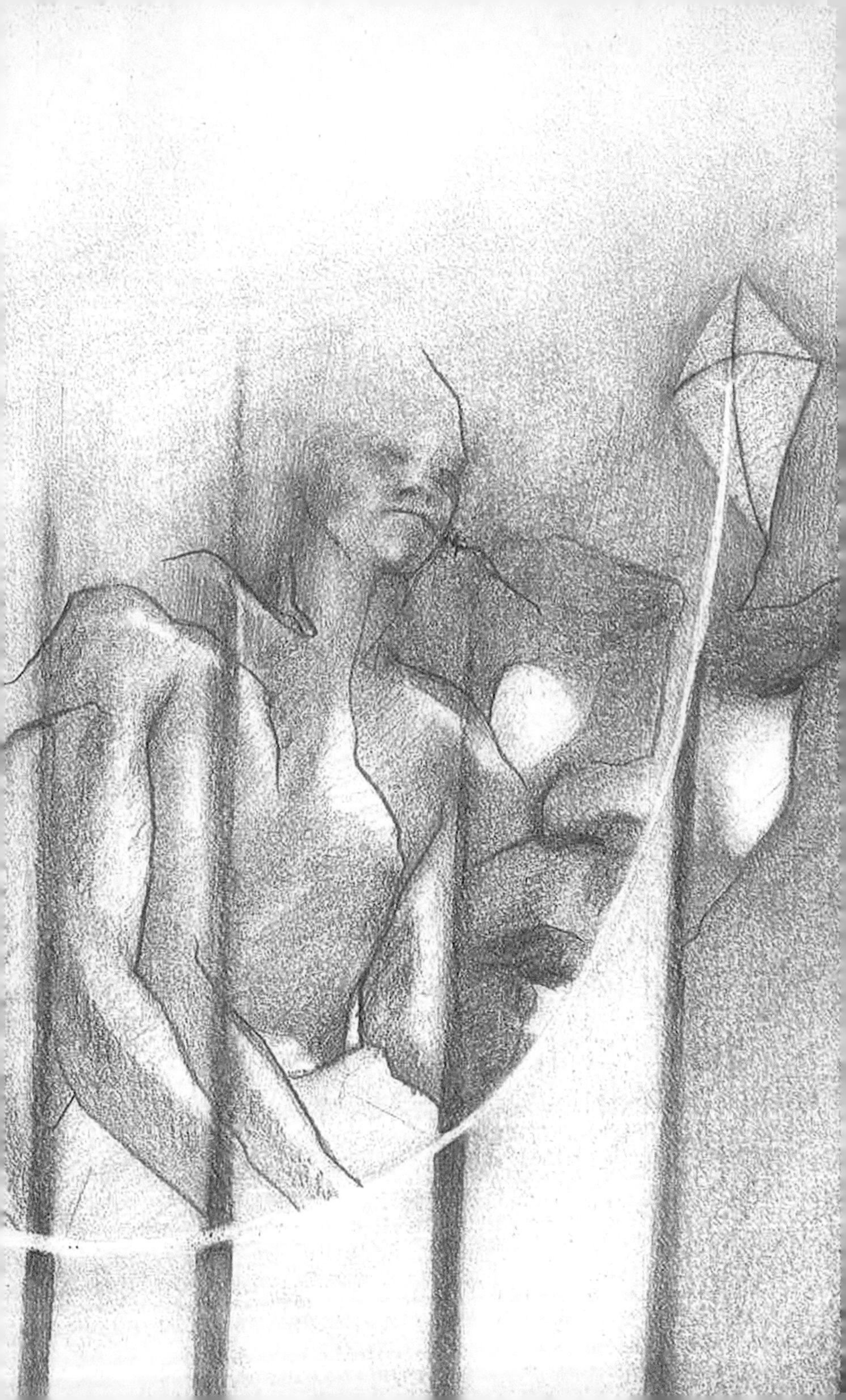

Nós somos

Mussunda amigo

Nós somos!

Agostinho Neto

1

Miúdo Zito entrou a correr no pequeno compartimento que servia de sala e, atravessando no quintal, viu o avô, ao fundo, junto às aduelas, a mijar. Parou, ofegante, e depois chamou:

— Vavô! Vem depressa. Tem preso!

Velho Petelo se virou e interrogou com os olhos pequenos, piscando na luz do sol da manhã coado nas folhas da mandioqueira:

— Menino disse tem preso? Viste com teus olhos?

Arrastando a perna esquerda e seguido por miúdo Zito, atravessou na sala e saiu para o areal vermelho. Rodearam na cubata de sô Miguel e, em frente, onde já se aglomeravam algumas mulheres com seus monas escondidos nos panos, viram o homem que fazia esforços para descer de uma carrinha, debaixo das pancadas de dois cipaios.

O preso era alto e magro, muito magro mesmo. E embora a cara estivesse inchada, tornando-lhe quase irreconhecível, toda gente via era ainda novo. Ao descer da carroceria, caiu de frente no areal, e as mães chegando mais os filhos, murmuraram só:

— Aiuê!...

Levado na mão do neto, o velho rompera entre o povo e observava o homem preso, com seus olhos pequenitos concentrados, atentos a todos os pormenores da cena. Quando o levantaram, o inchaço na cara mais se acentuou, vermelho da areia agarrada no suor. E mesmo que os cipaios tivessem corrido logo-logo com o povo, curioso naquela hora da manhã, os vizinhos e vizinhas juravam depois que o homem vinha amarrado nos pés e nas mãos na mesma corda e que ainda — juramos mesmo! — a corda dava uma volta ao pescoço. Aiuê! Como ia andar assim? Miúdo Zito descrevia, imitando para vavô Petelo, o andar curvado do preso, a cabeça quase nos joelhos, dando passinhos pequenos a caminho da porta. E jurava mesmo pelo sangue de Cristo, os cipaios lhe bateram enquanto se não abriu a porta chapeada e lhe levaram para trás dos grandes muros.

No musseque a notícia correu com depressa, miúdo Zito transmitindo a mães e filhos, vizinhas comentando de porta em porta. Ninguém lhe conhecia, o pobre era muito alto e magro, ninguém lembrava aquela cara lá em cima. Vavô Petelo recolheu todos os pormenores, sempre cachimbando, e saiu depois com miúdo Zito na mão, arrastando sua perna esquerda: a calça dançando, motivo de troça da miudagem:

— Takudimoxi! Takudimox'ééé!

Verdade que tinha uma nádega só, faltava mesmo do lado esquerdo, passara em 1928: velho Petelo — naquele tempo Pedro Antunes, segundo-marinheiro da canhoeira — apanhara uma injeção para uma febre teimosa e o resultado era aquele. Bem que tinha refilado e lutado, mas nosso primeiro-tenente era assim mesmo: marinheiro com malária, injeção de quinino para cima! A picada tinha agravado, mas Pedro Antunes, medroso de mais injeções, não dissera nada e, quando descobriram, foi um trabalho: lancetamento, raspagem, enfim! Resultado: uma nádega quase comida no malandro do enfermeiro que fez o serviço e os meninos de musseque depois, de geração em geração, a topiar no velho marinheiro reformado:

— Takudimoxi! Takudimox'ééê!

Nessa manhã de sol, velho Petelo não correu os miúdos à pedrada nem lhes disparatou nas famílias. Com o neto pela mão, caminhava, o mais depressa que podia, no meio do povo apressado saindo para os seus trabalhos na Baixa. Miúdo Zito ia distraído com a confusão, olhando meninos como ele, com a caixa de ferramenta de marceneiro ou pedreiro, ao lado dos sô mestres, ou caixa de engraxar sapato, os poucos de bata branca e sacas de escola. E já nem pensava por que vavô Petelo, mal podendo se arrastar, ia assim tão cedinho na Baixa. Vavô tinha dito:

— Menino, você vê ainda. Quando brincas naquele cajueiro do Posto, se você vê tem preso, vem me avisar, logo-logo.

E quando isso sucedia, miúdo Zito deixava os outros meninos com brincadeira no meio e corria na cubata onde vavô, sempre sentado debaixo da mandioqueira ou na porta, sorria no sol.

Era sempre assim: pegava miúdo Zito na mão, qualquer que fosse a hora, e lá iam para baixo, até na Companhia onde trabalhava mano Xico, um dos afilhados do velho marinheiro. Zito gostava de ir. Além de ver tudo com os seus olhos curiosos, os carros bonitos que não tinha lá em cima, as casas grandes e limpas, almoçava com mano Xico na quitanda da praia e depois ficava, banzo, a ouvir falar de coisas novas, coisas que, muitas vezes, repetia nos meninos da mesma idade, alguns mesmo meninos de escola que não aceitavam.

Por isso, alegre com o passeio, miúdo Zito e vavô Petelo cruzavam as ruas asfaltadas e desciam no meio do rio negro que desagua na cidade branca. Calçada da Missão abaixo, com árvores velhas chorando seiva nos passeios, o povo, atrasado pela rusga geral dos cipaios e das tropas, caminha depressa para não descontar meio dia, não perder lugar nas caminhonetes do cimento, ou para apanhar os fregueses da manhã ainda de sapatos sujos.

No musseque, a essa hora, as mulheres, os inválidos, os desempregados, os vadios, se arrastam nas mais diferentes ocupações. A conversa do preso se foi apagando; comprar farinha, azeite-palma ou ir ao Posto em busca de familiar desaparecido, esquecem a surpresa que abrira na manhã: o preso, homem alto e magro que ninguém conhecia lá em cima e a sua chegada assim, na carrinha azul cheia de poeira, com dois cipaios malhando no infeliz.

Só no velho Petelo essa cena, vista no relance que lhe permitiam os olhos gastos por céus e mares, mas bem contada no neto Zito, não lhe abandona. Procura não esquecer, traço por traço, as feições adivinhadas, o jeito do olhar, o corpo magro e alto.

— Menino! Tens a certeza, não lhe conhece?

— Não conhece quem, vavô?

— Aquele irmão, preso.

— Não. Nunca lhe vi, vavô. Nunca lhe vi no musseque.

No cruzamento, onde o povo em torrente se confronta com os automóveis rodando barulhentos, donos do asfalto, avô e neto pararam. E velho Petelo resmunga:

— Menino esqueceu caminho. Não vai mesmo no Quinta?

— É mais perto, vavô. Conheço bem.

Miúdo Zito mente, quer mas é passar naquela casa que tem bolas-de-cotexú, como eles sonham lá em cima. E equipes bonitas como as do Botafogo! Por isso dirige o avô para a esquina da loja, atrasa o passo, mirando com olhos grandes a larga montra.

— Menino, vamos com depressa! Senão não vamos encontrar mano Xico, 'tá sair logo de manhã.

De mãos dadas, cruzam as ruas no caminho da Companhia. A cara inchada, coberta de areia vermelha, não deixa a cabeça do avô, enquanto miúdo Zito vai pensando em mano Xico. Talvez ia lhe dar uns rebuçados mesmo! Sorri à lembrança e acelera o passo; a Companhia está lá, na esquina. É uma casa muito grande e alta, com muitos vidros. As paredes parecem é só vidro, por isso Zito sempre tem medo de entrar. Se sente preso quando empurra a porta e se acha em tão grande sala, toda cheia de figuras que não percebe.

— Bom dia, mano. Estou procurar sô Xico, tem o padrinho dele para falar.

O contínuo fardado, sentado na secretária, olha para ele, menino do musseque, roto e sujo, coçando pé descalço no pé descalço.

— Quem é que você falou?

— Sô Xico, mano Xico Kafundanga, aquele que joga no Bota.

— Anh! Esse saiu...

— Ai?! Mas saiu como então? Nove horas ainda, entrou oito e meia, como é saiu? É Sô Xico Kafundanga!

Levantando os olhos, olhar superior, ajeitando o colarinho da farda, o contínuo olha o miúdo e torna a dizer, indiferente:

— Já te disse. Esse sô Xico conheço bem. Saiu com o protocolo, foi distribuir as cartas. Vai 'mbora!

Miúdo Zito olhou irritado o vaidoso contínuo e, esquecendo as paredes de vidro, as janelas de vidro, sentiu vontade mesmo de fazer-lhe uma partida. Ai, mano, se fosse no musseque!

— Mas então saiu pra onde? Você sabe?

Sem responder, o contínuo se levantou virando-lhe as costas, empurrou uma pesada porta de madeira e desapareceu. Miúdo Zito muxoxou aborrecido e se dirigiu na saída. Velho Petelo, encostado nas arcadas, olhava o mar e se banhava de sol.

— Vavô, mano Xico saiu, não vai voltar. Só na hora do meio-dia. Vamos embora.

— Não, menino. Se você quer, você vai. Tenho de lhe esperar mesmo. Melhor você dizes naquele homem se mano Xico chega, a gente está lhe esperar na muralha.

— Ai, vavô, vou pescar mesmo. Sim, vavô? Vou com depressa!

O contínuo, mais sorridente, prometeu a miúdo Zito que não ia esquecer do recado para sô Xico, Francisco João como ele falou, emendando o menino e tomando nota num caderninho.

Dez horas eram quase e sol de Dezembro se abria amarelo em cima da cidade. Apenas uma ligeira brisa vinha ondular o azul quieto da Baía e dava requebros às folhas das palmeiras.

Depois de sentar vavô Petelo na muralha, deixando-lhe saudoso a olhar a água sem fim, miúdo Zito atravessou nas corridas a larga avenida e no Catonho-Tonho comprou fio e anzol de dois e quinhentos, dinheiro que vavô lhe dera. Depois, no cais de cabotagem, arranjou, numa mana peixeira, duas sardinhas. O avô estava quieto no seu lado, deixando as moscas pousar nas pernas estendidas ao sol, o olhar perdido no mar, e miúdo Zito lançou a linha na água. Esperou, esperou, mas nada, não picava. E quando picava, euê, nada!, nem isca ficava.

— Olha só, menino! Estou te ver. A isca, se você põe assim, está dar matabicho nos peixes. Quer ver? Tem tripa aí? Então dá ainda, que eu te mostro!

— Ai!? Tripa para quê então?

— Dá ainda! Olha: primeiro espeta-lhe assim , até embaixo. Isso! Agora, vira e espeta por cima, esconde bico do anzol. Se peixe pica aí, não sai mais.

Miúdo Zito riu alto, satisfeito, e atirou para o canal o pequeno anzol com fio de pesca. Velho Petelo, sorrindo os olhos pelo mar fora, ia falando:

— Quando não tinha o porto, era só deixar anzol, garoupa nas pedras era muito, pargo mulato nem se fala. Matona, mariquita, quê? Quando a gente pescava deitava fora!

Zito dividia a atenção no avô e no fio e quando picou deu um puxão não muito forte, como avô ensinara, e começou a puxar.

— 'tá ver, menino, não te dizia? Bonita matona, sim senhor! Pronto, agora tira só o anzol. Usa só a mesma isca, você vai ver, vais caçar outro. Peixe é burro!

O sol subia no céu azul sem nuvens. Velho Petelo olhava com saudade a mancha nebulosa na ponta da Ilha — a ponte do carvão, com certeza, já não via bem, mas jurava mesmo — onde tantas vezes atracara e carregara carvão para as caldeiras. E, mais no meio, a sombra branca da Igreja de Nossa Senhora do Cabo. Sorriu, abrindo as gengivas ao sol, recordou suas velhas bebedeiras nas grandes festas de Novembro. Agora já não tem festa assim, não, brancos não deixam. Um "gasolina" passou, barulhento, enchendo de fumo do velho dísel o mar quieto. Quantas vezes, Pedro Antunes, quantas vezes, farda branca, com teu boné azul, de pé, no leme, quantas vezes não cruzaste a tua Baía. Mas isso foi no antigamente. Agora...

Com quatro matonas e um roncador pescados, velho Petelo enchendo de sol suas recordações do mar, Francisco João, meio-dia batido no relógio da Sé, apareceu a procurar-lhes.

— Bessá, padrinho! Ená, miúdo Zito, você está crescido!

— Bom dia, mano Xico. Estou te procurar logo de manhã, mas você já tinha saído. Fiquei com o menino, pescar, esperar hora de te falar.

Francisco João, vestindo a habitual farda de cáqui, ajudou o velho marinheiro a levantar, enquanto miúdo Zito, um pouco triste, enrolava o fio e pendurava os cinco peixes numa mateba.

— Vavô! Agora vou vir pescar todos os dias.

— Cala t'a boca, miúdo. A gente veio aqui falar conversas sérias.

— Melhor vamos almoçar. Aí conversamos, 'tá bem?

O convite habitual e esperado de mano Xico sofreu ainda a recusa estudada de velho Petelo, mas depois, sem insistir mais, foram os três no caminho da quitanda. O almoço era simples: sopa e um prato de feijão com carne. Mano Xico mandou vir dois copos de vinho e velho Petelo pediu uma gasosa para o menino. Comeram devagar, saboreando o vinho e falando conversas da vida. Só no fim, com miúdo Zito muito atento, vavô Petelo disse baixinho para o afilhado:

— Chegou preso. De manhã. Não lhe conhecemos. Lhe vi mal, mas o candengue viu tudo.

Mano Xico ficou de repente mais sério. Se viram os músculos da cara a contrair, e depois, devagar, enquanto pensava, tirou papel e lápis e começou a escrever. Miúdo Zito ia contando em voz baixa:

— Era mesmo uma "Chivro" azul. Muita poeira, parece vem no mato mesmo.

— Mas menino tem a certeza?

— Juro sangue de Cristo!

Mano Xico tomou nota da licença que o miúdo dissera, se inclinou para a frente, chegando perto da cara do menino:

— Menino diz ele era alto e magro? Todo cheio de porrada, amarrado até no pescoço?

— Verdade, sô Xico! Não podia andar mesmo. Mas era muito alto e a cabeça dele estava sempre direita. Não tinha medo, não, mano Xico.

O afilhado de sô Petelo murmurava, longe:

— Alto... magro... cabeça sempre direita. Menino tem a certeza era uma "Chivro" azul?

— Tem, mano Xico!

— Não tinha homem de farda branca a guiar?

— Sim, mano Xico! Quem estava guiar era um branco, cambuta, a farda branca.

Francisco João tomava nota, velho Petelo ainda descarnava um osso deixado. Miúdo Zito, calado agora, olhava os frascos de rebuçados e sacudia inconscientemente as moscas.

— Não ouviu-lhe chamar?

— Sim, sô Xico! Os ximbas chamavam é mesmo 'sô aspirante', na hora que ele mandou dar berrida na gente estava espreitar.

Com sua caligrafia redonda, bem legível, Xico continuou escrever no papel. No fim disse:

— 'brigado, padrinho. E você, miúdo Zito. Vocês voltam no musseque. Já sabe, padrinho: quando tem preso, você vê tudo e escusa mesmo vir: manda este menino. Sim senhor, Zito! Menino esperto, você precisa ir na escola. Não esquece: se sabe mais coisas desse irmão preso, avisa.

Se levantaram os três. Xico Kafundanga pagou no balcão e pediu ao branco para lhe voltar troco em rebuçados. Miúdo

Zito sorriu, satisfeito, enquanto a mão de mano Xico lhe acariciava a cabeça, sempre a repetir baixinho, para si mesmo:

— Menino esperto, menino esperto...

Xico deixou-os, padrinho e neto, no meio da rua banhada de sol. Duas e um quarto eram quase e tinha de correr, queria pedir para sair mais cedo.

Com velho Petelo pela mão, miúdo Zito, feliz, agarrando orgulhoso na mateba com suas quatro matonas e um roncador, caminha chupando os rebuçados oferecidos por sô Xico, seu amigo, esse sô Xico Kafundanga, jogador do Botafogo. E enquanto o preso, sua figura alta e magra, se instala no pensamento do avô, miúdo Zito pensa que vai deixar de fazer claque no Académico. Um clube que tem Xico, seu amigo, é que ele faz claque!

E nessa tarde, cinco horas, o contínuo Francisco João, da seção de contabilidade, pediu licença ao chefe e saiu da Companhia mais cedo, dirigindo-se para o largo dos Correios, onde apanhou o maximbombo da Samba.

2

Às seis e meia duma tarde, com o trabalho acabado há meia hora, Domingos atravessou o capim, a correr, para dar encontro na companheira e em miúdo Sebastião na esteira. Agora que engenheiro Silvestre o tinha posto no turno do dia, gostava vir ainda com o pôr do sol por cima dos montes, para brincar um bocadinho com o miúdo, antes de comer e descansar depois, na esteira, com o calor de Maria. O outro tratorista, do turno da noite, fizera-lhe atrasar ainda com umas perguntas sobre a assistência diária da máquina e outros pequenos problemas.

O acampamento ficava longe, fora do estaleiro, metido numa baixa, à esquerda da estrada, onde se alinhavam as cubatas iguais dos operários e trabalhadores negros da barragem. Um regato de água escura e porca corria pela sanzala, carregando consigo os detritos diários dos habitantes, e perdia-se, embaixo, num tufo de capim verde. Um pouco afastadas havia duas cubatas, sem telhado, improvisando sentinas com barris que à noite eram despejados por dois moradores em turnos. Ao sábado, o médico vinha nas corridas com seu carro ligeiro, passava uma rápida visita sanitária e saía depois. Lá em cima, no topo dos morros frescos, viviam, em camaratas de alumínio, os operários brancos, e mais longe, em casas com belos jardins à volta, de relva cuidada, os empregados superiores da empresa. Eram bem vinte minutos do caminho através do capim, que Domingos fazia, subindo das galerias, correndo na pequena cubata, na família que todos os dias o esperava.

Foi encontrar a companheira pondo quifunes em miúdo Bastião e ouvindo uma sua vizinha lamentar o filho. Custava a Domingos ouvir sá Zefa, também ele sentia muito o amigo Sousinha desaparecido, um dia, ninguém sabia como, ninguém sabia porquê. Desapareceu só, a carrinha azul da Administração não tinha lhe vindo buscar, o seu corpo não apareceu a boiar rio abaixo. Marteleiro, como ia cair no rio? Trabalho só de galeria ou de pedreira, esse risco não corria. Era pesado o martelo pneumático trepidando o dia todo no peito fraco de Sousinha, miúdo, seco, mas sempre decidido.

Nos primeiros dias ainda procuraram. Zefa foi mesmo na vila, na Administração não sabiam, cipaios amigos confirmaram que não tinham lhe prendido, mas depois ninguém se lembrou mais do operário. Domingos Xavier, seu amigo, preocupado de início, foi descobrindo depois, pouco a pouco, a razão do desaparecimento. Ao pensar nisso sentia-se um pouco triste porque Sousinha podia lhe ter avisado. Mas nada, ninguém sabia. Só o engenheiro Silvestre, encarregado-geral naquela parte da obra, não ficou espantado. Quando Domingos lhe falou no desaparecimento, levantou os olhos da planta que estava consultar e depois, sorrindo, disse parecia sem importância:

— Não te preocupes. Não lhe sucedeu nada, de certeza...

A confiança com engenheiro Silvestre, agente técnico de máquinas, a quem todos no acampamento chamavam de sôr engenheiro, vinha de longe. Dos tempos em que, miúdo ainda, aprendendo só lubrificar e lavar os tratores na Companhia do Açúcar, ouvira uma conversa que lhe fizera andar por perto do agente técnico e procurar sempre serviço na empresa em que ele trabalhasse. Isso e mais, agora ali no estaleiro da barragem, as conversas que adivinhava entre Sousinha e Silvestre. O marteleiro nunca tinha lhe dito nada e Domingos Xavier, falando todos os dias com o amigo conversas que só em voz baixa o povo tem, mesmo nas sanzalas, nunca tivera coragem para perguntar saber. Por acaso, sucedeu um dia. Se lembra muito bem os casos: numa noite anterior. Timóteo, um rapaz magro, apontador da seção de eletricidade, tinha sido agarrado no seu quartinho, ao lado do armazém, lendo papéis que tinham saído em Luanda e lhe deram encontro na mala com vários livros — Domingos e Sousinha não sabiam os nomes — que a polícia não gostava. Sô Simão, um velhote da oficina, muito em segredo, disse a Domingos o rapaz não estava sozinho quando o administrador viera lhe prender. A outra pessoa, que estava com ele, tinha fugido na janelinha detrás. Passava da uma da manhã quando isso se dera, mas velho Simão, com sua insônia crônica trazida de S. Paulo, Brasil, estava na janela e vira o vulto fugir, mas não ligara, pensava era aventura de mulheres. Mais tarde, porém, o nome que segredou para Domingos, quando estava verificar a folga dos rastros do trator, mas sem dar certeza, foi para o tratorista não uma revelação, mas a confirmação das suas suspeitas. Porque, nesse dia, Sousinha tinha-lhe falado:

— Sabe, amigo Domingos?! Estou chateado. Esta conversa do Timóteo... Conhecias-lhe bem?

— Não. O rapaz vivia muito só, ninguém lhe falava, toda a gente, lá nas galerias, dizia era perigoso, desses estudantes... Afinal, olha! Vieram lhe buscar.

— Mas, por quê, mano? Por que se o rapaz não falava, se o rapaz não se metia, vivia sua vida de estudos só?

Domingos sorriu, mexeu o chão com um pauzinho, e depois confidenciou:

— Olha, mano! Hoje me disseram ele era um dos bons. Esse rapaz tinha cabeça. Livros, papéis, só mesmo em Luanda.

Sousinha abriu a boca, admirado, e viu a oportunidade. Cautelosamente, respondeu:

— Não acredito, mano. Não pode!

— Verdade mesmo. Quem disse, não mente.

— E quem te disse, então?

O riso do amigo fez-lhe compreender que assim não conseguia nada. Sorriu mais e só então começou ele a contar:

— Olha, mano! Ando pra te dizer uma coisa. Amigo não tem segredos. Por isso vou te contar. Mas você jura não diz a ninguém.

— Juro! Palavra! Podes contar!

Chegou mais a pedra para junto dele, virando a voz num ligeiro sussurro a juntar nos outros ruídos da sanzala, e segredou:

— Eu sei você conheces bem Silvestre. Esse engenheiro te dá muita confiança, eu te posso contar. Onde ele vai, eu vou também. Onde ele vai, arranja sempre lugar para mim. Ele diz eu sou bom tratorista. Cheguei nesta hora, me puseram logo no turno da noite. Um mês o turno não andou para mim, os brancos só que faziam turno de dia, eu e o Carlitos, nada! Refilei com o capataz, ele quis já cortar meio dia. De maneiras que fui falar no engenheiro...

Sousinha, todo inclinado em cima do amigo, atento nas palavras que o tratorista falava, claras e diretas, vai abanando só sua cabeça, aprova. Domingos Xavier se orgulha dessa amizade, diz porquê:

— Você ouve, mano! Não é daqueles brancos que te faz bem para você gostar dele, para ficar satisfeito porque o coração dele manda. Não! Esses eu conheço bem, mano Sousa! Esses conheço eu bem... Se você um dia não cumprimenta de tirar o chapéu, dizem logo que tu és um ingrato, todos os negros são assim, acabam te mandando no Posto. Este não, amigo Sousa! Este quem manda é a cabeça dele...

— Desculpa! Coração dele também. Se você visse hoje de manhã, quando lhe falaram os casos do Timóteo! Ená! Ficou mesmo branco, branco parecia era a parede. Não é só na cabeça, não!

O tratorista fez um gesto vago, queria reforçar o que dissera, se exprimir de outra maneira, mas só disse:

— Eu sei mesmo. Não é isso... Mas você compreendeu, não é? Não é como os outros, não. Lhe conheci foi no Bom--Jesus. Aí eu estava só aprendiz de tratorista.

Na voz calma de Domingos Xavier o engenheiro nasce na sua figura pequena e nervosa, os óculos de grossas lentes, os habituais calções, sua voz rápida e sorridente.

— Não descontava mesmo sem ouvir no capataz e no prejudicado. Parecia até tribunal! Poça, tanta vez que o capataz tinha que riscar!...

O tratorista se esforça com os pormenores, põe casos, imita o engenheiro no seu mau quimbundo com sotaque português. Mas Sousinha, impaciente, acende o cachimbo, puxa duas baforadas, insiste:

— Conta, mano, conta! Isso tudo eu já sei, lhe conheço bem...

— Ora então! Um dia o gerente veio no nosso acampamento, hora do meio-dia, virou todas as latas de funji e do peixe, com pontapé, disse todos tinham de ir na cantina, aí é que a comida era boa!

— Como é, como é então?

— Isso mesmo, mano! O dono da loja era amigo do gerente, tinha posto lá uma cantina. Tinha sopa, macarrão, tudo comida dos brancos, e mal feito. E então caro, não te digo! Nós, dos tratores e das vagonetas, não aceitamos. Continuamos cozinhar nosso funji, nosso pirão, comíamos nosso quitande, você sabe. Pois não te digo, mano Sousa, não te digo!

E, endireitando os rins, bebeu ar fresco. Sério, pôs suas mãos nos ombros do franzino amigo, continuou:

— Assim mesmo como eu estou te falar, Sousa. Um dia pôs a mão no meu ombro e disse. Domingos, você é um bom tratorista. Mas o que você é mais é um bom homem, um bom angolano. Palavra, mano Sousa, palavra! Meu coração ficou pequenino, pequenino com essa palavra! Nunca tinha lhe ouvido falar assim na boca dum branco. Depois, já estava ir embora, me disse baixinho: sabe, Domingos, também sou angolano. Estuda! Se você pode, estuda. Você vai ser um grande engenheiro. E saiu com depressa, aquele jeito dele. Não posso esquecer, mano Sousa, não posso!

Sousinha se levantou, coçou no queixo, estendeu os olhos pelo capim, continuou fumar em silêncio. A noite se ouvia em todos os pequenos barulhos do seu silêncio, só perturbada pelo rugir sempre igual do Kwanza, ao fundo. Se sentou outra vez e, já a sorrir, falou ao amigo:

— Já sabia essa história, mano. Ele te fez isso porque você ficou atrás do trator, ouvir ele gritar a maca com o gerente, o direito de a gente viver como nós vivemos, com nossas coisas, nossas comidas, tudo quanto quisermos. Não é verdade?

— Como é que você sabia?

Sousinha apagou o cachimbo e segredou no amigo:

— Ouve ainda, Domingos! Não fala a mais ninguém. mas nunca te esqueces: Silvestre é nosso amigo.

E foi para dentro, para a sombra da cubata, deitar o corpo dele, magro e seco, todo o dia sacudido no trepidar do martelo pneumático. E nunca mais ninguém lhe viu no estaleiro ou na sanzala.

Nesta hora Domingos Xavier, brincando com miúdo Bastião na esteira, lembra o amigo. E a voz de sá Zefa, sempre lamentando no filho, dói-lhe no coração, qualquer coisa põe-lhe triste e inquieto nesse fim de tarde.

E nove horas da noite eram já, lua cheia sobre a sanzala a pratear as rápidas águas do Kwanza entre os morros, quando o ruído da carrinha junto das cubatas apertou o coração das mães e companheiras. A carrinha azul era inimiga, sempre que vinha, alguém ia amarrado e espancado na carroçaria até à vila. Depois, pronto!, não voltava mais ou voltava todo cheio de pancadas, as mãos e os pés inchados. Nenhum pai sabia mais se no dia seguinte ia ver o filho quando voltasse do trabalho; se assinava o ponto;

se responderia, de manhã, à chamada do capataz, depois que a carrinha começou rondar no acampamento, parecia milhafre sobre os pintinhos.

Pequenas luzes se acenderam, mães com seus monas espreitavam a medo nas portas. A carrinha já estava parada, com os faróis atirados para a cubata de Domingos, e os cipaios batendo com os cassetetes na porta, aos berros, para abrir. O aspirante, que tinha vindo a guiar, aguardava mais atrás, segurando a pistola.

E nessa noite o povo viu Domingos Xavier sair, ainda abotoando as calças, olhos quase fechados pelos faróis da carrinha, arrancado à pancada de dentro da cubata, com Maria aos gritos e miúdo Sebastião berrando, acordado. Dois cipaios agarraram o tratorista enquanto um terceiro ia dando socos e pontapés. Domingos Xavier, homem alto e magro, se curvava muito em defesa instintiva e tentou ainda uma vez correr para a companheira, mas o aspirante, rápido, lhe bateu com a coronha da pistola na nuca. Os cipaios, agarrando-lhe nos braços e nas pernas, atiraram com ele para cima da carroceria.

Na noite que caiu, com a carrinha a rodar na estrada, só os gritos de Maria e o choro de miúdo Sebastião se ouviram em cima do silêncio do povo acordado. Depois as mulheres rodearam Maria, alguém pegou em Bastião no colo, calou o mona. Durante o resto da noite o silêncio foi cortado por soluços, choros de crianças, falas baixas das dores, das humilhações, das esperanças...

***

Deslizando como as águas do rio, estas imagens carregam os pensamentos de Domingos Xavier, nascendo no cacimbo do cérebro cansado, dorido de botas de cipaio, quando o luar estendeu em cima do corpo caído na cela o seu lençol macio. A luz branca entrava no postigo defendido pela rede de aço, e o tratorista, mal erguendo a cabeça, pôde ver o céu azul, sem nuvens, por detrás das pálpebras inchadas e cheias de areia. Era o céu azul e a lua da sua terra que olhavam...

Na cela, o seu corpo magro e comprido, magoado, custava caber. Não se lembrava de terem lhe levado para ali, tudo era estranho, distante, parecido a luz branca da lua. O peito doía, era uma dor única. Gemeu, primeiro mordendo os lábios, depois mais alto quando se conseguiu deitar na laje estreita que ocupava quase toda a cela. Assim, de barriga, sentia pancadas dolorosas nas mãos e nos pés, tão inchados que não lhes podia encostar no cimento. Pensamentos corriam como as águas do Kwanza amado: Maria sentada na porta, seis e meia, miúdo Bastião ao colo, pondo quifunes; Maria saindo com as outras mulheres para o rio, lá embaixo, onde os rápidos começavam, lavar a roupa; e o rio, o largo Kwanza que lhe viu nascer, lá em cima, no planalto, ainda fio de água, ainda criança ruidosa, e que ele conheceu depois, largo e calmo. poderoso, na direção do mar. E ali onde Maria e as mulheres do povo lavam, nas pedras, furioso, irritado do estreitamento dos morros, dos cotovelos de granito que há séculos atacava, rugindo sua fúria nos rápidos, se desfazendo em espuma, mais manso, correndo na Muxima.

E mais imagens, mais visões, com o luar a brincar dentro da cela. A longa estrada; os imbondeiros floridos; a viagem na carrinha, pela madrugada depois da noite na Administração. Pés, mãos e pescoço amarrados numa só corda e o cheiro bom da terra molhada pelo cacimbo da noite entrando no nariz, dilatando o peito. O bater cego do cipaio a qualquer movimento. Mas o sol da manhã a beijar-lhe as feições inchadas, a revelar-lhe, depois, a larga porta chapeada se abrindo diante dos olhos, nessa manhã clara, com os cipaios surrando e correndo atrás do povo que ele sentiu solidário no seu silêncio, que ele ainda viu na frente dos olhos colados e inchados. E assim transpôs a porta, as pancadas dos cipaios não lhes sentia, só via as mulheres com seus miúdos embrulhados, os miúdos ranhosos, de olhos espantados, que apareciam sempre a visitar essas recordações. Meninos descalços e ranhosos, espreitando a medo, logo lá na vila, quando o descarregaram da carrinha. Mas quando tinha passado isso? Quando? O luar uniformizava recordações, confundia imagens no tempo, o corpo doía, as costas rasgadas a chicote cavalo-marinho coladas na camisa, a língua um pedaço de carne inchada da boca seca. Os olhos colavam, pés e mãos inchados das palmatoadas, e Maria novamente com miúdo Bastião chorando, fazendo berreiro, tudo povoava as recordações. Fechava os olhos e o Kwanza corria ao luar, rugindo furioso ou manso e quieto, grande mar sem ondas. Como o sono chegando e vencendo tudo, tudo, até o cansaço e a vontade grande de ficar acordado, pensar. Mas o sono era como o Kwanza, nada lhe resistia. Deitado, se deixou boiar no seu rio de criança, do planalto, que lhe tinha visto nascer.

3

Se Maria não tinha sua amiga no Sambizanga, como ia fazer então, com Sebastião ainda miúdo, perdida nesta cidade desconhecida? Se não fosse essa ajuda, como ia resistir o povo? Assim falava sô Cardoso naquela noite que Maria, segurando o mona nas costas, apareceu lá em casa. Toda a gente ficou admirada, os meninos que já dormiam levantaram para cumprimentar, e sá Tété chorou a surpresa no ombro da chegada. Bem doze anos que não lhe via, desde aquele tempo que a falecida morava no Braga, Maria ainda menina de cartar lata de água, de brincadeira com boneca de pano e bolos de areia. Depois Maria contou a sua vida, chorou o seu homem e toda gente achou ela não podia ir embora, não senhor. Na casa cabia sempre mais um e no funji era mais uma mão de fuba só. Os meninos podiam tomar conta em miúdo Bastião, durante o dia, enquanto procurasse o seu homem na esquadra, no Posto, em todos os sítios onde lhe pudesse encontrar. Ir até no Governador. Sô Cardoso insistiu mesmo em lhe acompanhar, desculpar doença no emprego, faltar dois ou três dias, mas Maria, sorrindo sua tristeza, tirou essa ideia na cabeça do amigo, sabia bem o caminho do Posto, nem era muito longe.

E quando, noite tarde, toda a gente na pequena cubata dormia já e a lua brilhava o musseque com sua luz branca, Maria ainda não conseguira de pegar no sono. Miúdo Bastião, embrulhado no pano, dormia na esteira. Durante algum tempo ouviu ainda as vozes abafadas de sô Cardoso falando na sua mulher, e os meninos mexendo na esteira, do outro lado da casa. Depois o silêncio saiu e Maria ficou só, cansada da viagem na carroceria do velho maximbombo de bancos de pau. Dez horas que saíra da vila, chovia, e só mesmo à noitinha chegara na cidade. Tinha descido junto da Missão, miúdo nas costas, fora só andar um bocado, no meio do povo voltando no trabalho. A casa da sua amiga Tété era fácil de dar encontro, ficava mesmo junto da venda onde sô Cardoso, antigo morador e freguês, era bem conhecido.

Se sentiu muito bem na cubata alheia, respirando a amizade sem fingimento desses seus amigos, olhando sá Tété, mais velha, mais gorda, que tinha nascido tantos miúdos. E agora só dois com ela, os menores mesmo. Mas nem esse estar bom, essa quentura que dá a amizade, apagavam-lhe a tristeza do homem que gostava. Mais que quatro anos sempre juntos, com Domingos muito amigo, nunca faltando com seu ordenado, às vezes um pouco mais difícil, nos sábados à noite, quando, com outros amigos, queria desforrar a semana de trabalho duro. Mas, amigo de miúdo Bastião, nem se fala! Brincava na esteira, brincava no chão, tudo o que ele podia era para seu filho. Uma vez até, chegando a sair devagarinho na cubata de sá Zefa, mãe de Sousinha, ouvira o companheiro dizer baixinho para o mona:

— Aiuê, mon' a mbundu! Você vai ser mesmo engenheiro, sabe? Engenheiro de máquinas, para fazer os tratores!

E sempre parece está a ouvir essas palavras do seu homem, seu riso largo, seu modo desajeitado de agarrar miúdo Bastião com suas mãos calosas e sujas de óleo. Mas agora, com Domingos preso, como ia ser então? Fizera mal não ter procurado nos amigos dele, lá no estaleiro, pedir para falar no Administrador, saber o que tinha passado. Seu homem era pacífico, nunca jogava porrada com ninguém, nem mesmo em sábado de pagamento. Sempre amigo da mulher, sempre amigo do mona, lhe prenderam por quê? Mas também quem ia procurar na obra? Sousinha, ninguém sabia onde estava; padre João não gostava confusão de preto com a Administração; um amigo de Domingos, marteleiro, toda a gente na sanzala estava falar era amigo da polícia. Só mesmo engenheiro Silvestre. Mas confiança com ele não tinha, se calhar ia lhe disparatar, uma negra a chatear por causa a prisão de Administração que sucede todos os dias. Se lembrava, na hora que a carrinha saíra na sanzala e ela ficara a chorar, a chorar dentro da noite, antes do nascer do sol, sá Zefa aparecera, misteriosa, com outra conversa, segredara:

— Sabe, mana Maria! Meu filho diz para você ir na Administração perguntar, fazer barulho, chorar! Não vai sair sem saber onde está Domingos. O melhor mesmo leva miúdo Bastião e faz berrar o mona!

Depois sorriu, aquele sorriso que muito tempo já sá Zefa não tinha, e nem respondeu na admiração de Maria, olhos espantados:

— Ai?! Quer dizer, Sousinha voltou?

— Sousinha está sempre com a gente!

Naquele dia Maria fez uma pequena trouxa e se dirigiu na vila, manhã muito cedo, estrada abaixo. O sol ainda não nascera e o capim molhado do cacimbo da noite estava bom nos pés. Ao longe as silhuetas azuis dos morros se perdiam na fina camada de cacimbo que lhes envolvia. O Kwanza brilhava suas águas preguiçosas, adormecidas naquele sítio largo, junto à jangada. A vila se escondia entre as acácias floridas, bananeiras, milheirais, tudo na sua volta era verde, fresco e novo e as águas do rio tinham também cor verde. Mas Maria seguia indiferente ao longo do caminho, com miúdo Bastião. Os seus olhos só evitavam espinhos e pedras e esperavam alguma carrinha para a boleia até à povoação. Seu coração estava com Domingos na cadeia da Administração. Como ia reparar nos januários voando baixo, em bando, nas pequenas flores amarelas do capim que os seus pés pisavam? Tudo era cor e vida na sua volta, quinjongos saltavam na sua frente, borboletas de mil cores dançavam no ar fresco. Só que Maria não podia ver as belezas da sua terra, com seu homem, o homem da sua terra, na prisão, agarrado parecia era porco e atirado para cima da carroceria duma carrinha a qualquer hora do dia, a qualquer hora da noite. Muitos carros passavam àquela hora, os jipes da empresa da barragem, mas ninguém parava. Perto das sete já, quando chegou na frente da Administração com miúdo Bastião adormecido. Esperou o secretário, como lhe tinha falado o cipaio Toneto, ela conhecia-lhe bem, mas nessa manhã nem quisera lhe cumprimentar ainda.

— Mas mano! Secretário vem quando então?

— Espera só, senhora. Vai vir mesmo cedo.

Mas se afastou, vagaroso, para as traseiras da Administração, deixando Maria sentada nas escadas com miúdo Bastião no colo, esperando. Enquanto o tempo corria, foi pensando em Domingos, na sanzala, no seu filho, e por fim ficou só a ver o povo passar, apressado, os jipes da empresa cheios de gente, subindo para os morros.

Só nove horas o secretário apareceu, no jipe. Sorriu para Maria, fez brincadeira em miúdo Bastião já acordado, mas quando Maria disse-lhe que vinha procurar o seu homem que tinham-lhe prendido na véspera sem razão, respondeu com voz zangada:

— O teu homem é um bandido. Queria matar os brancos todos. O melhor é esqueceres...

— Mas sô secretário, bandido como então? Domingos estava só a trabalhar no trator, viver com a família, não andava na porrada, nunca lhe prenderam, bandido como então?

—Já te disse, não discutas. O teu homem é um bandido. O melhor é voltares para a tua sanzala.

Maria lembrou as palavras dc Sousinha, rcpctidas por sá Zefa na porta da cubata. E começou falar mais alto, chorosa, perguntando pelo seu homem, queria lhe ver, queria lhe ver só, não tinha feito nada. A gente que passava parava e perguntava, uma da outra, em voz baixa, o sucedido. E todos lamentavam a pobre. O secretário foi para dentro, fechou a porta, mas Maria gritou mais alto, miúdo Sebastião começou também no berreiro e cipaio Toneto, falando com medo, veio lhe segurar nas mãos lamentosas, tentando apaziguar. Mas toda a gente começou-lhe insultar até chegar a voz do secretário:

— Cala já a boca a essa gaja! Senão faz-se o mesmo que se fez ao homem, 'tás ouvir?

Toneto resmungou um "sim, nosso secretário" tremido, e, agarrando Maria, que segurava o filho nos braços, obrigou-lhe a descer as escadas. Maria chorava altos gritos que chamavam a atenção de toda a gente, abrindo janelas, os miúdos correndo com seus arcos e fisgas, parando brincadeiras para irem espreitar, queriam apreciar. Cipaio Toneto, só mesmo agarrando Maria e trazendo-lhe no ar, é que fez a mulher sair da varanda.

— Aiuê! Aiuê, meu homem! Lhe mataram, eu sei! Lhe mataram. Não bebia, não fazia mal a ninguém, lhe mataram. Aiuê, minha vida! Nunca estava na confusão. Lhe mataram, sei. Aiuê, aiuê!

O cipaio tentava acalmar-lhe, segurando com força e prometendo, em voz baixa, com olhares receosos para a varanda:

— Vou te dizer, Maria, espera só! Vou te dizer, teu homem está vivo. Mas você cala-te a boca só um bocado...

—Não calo nada, cipaio da merda! Você é como os brancos. Aiuê, meu homem! Lhe mataram!

Devagar, arrastando Maria pelo chão, cipaio Toneto levou-lhe para a parte de trás da casa, com todo o povo junto, murmurando zangado e os meninos olhando e rindo as pernas de Maria a se destapar. Sacudindo o cipaio, se lançou no chão a chorar, miúdo Bastião aumentava mais no choro da mãe, com seu berreiro de criança.

— Te conto só! Estou te dizer. Você sabe eu sou seu amigo, Maria! — insistia Toneto.

A soluçar, Maria se acalmou e na hora que miúdo Bastião deixou de chorar o cipaio disse baixinho, de maneira que só ela ouvia:

— Ouve ainda! Teu homem foi hoje de manhã, em Luana. Na carrinha azul mesmo. Sô aspirante foi lhe levar na Polícia.

Maria limpou os olhos com a ponta do lenço e lamentou:

— Aiuê, mano Toneto, aiuê! Domingos não fazia mal em ninguém. Lhe levaram por quê, então?

— Estavam a dizer Domingos queria matar os brancos. Não acredita, mana! Mas sô administrador, mais sô secretário, nosso aspirante mesmo e o João e o Mandombe, que lhe foram buscar na sanzala, aí toda a noite dando porrada...

— Mas para quê, então, mano? Toda a gente sabe, você mesmo sabe, Domingos não é homem de confusão!

O cipaio encolheu os ombros, olhou para as traseiras do Posto e, mais desconfiado, continuou:

— Sabe, mana! Sô administrador estava-lhe perguntar o nome do branco. Eu estava ouvir só cá fora. "Quem é o branco, quem é o branco." E também queria saber onde estava Bernardo de Sousa, aquele rapaz magrinho...

— Ai mano, a vida!, aiuê, mano! Domingos não sabia de branco, Domingos não fala com brancos, Toneto. E Sousinha, quem sabe onde ele está? Ninguém!

Toneto se afastou um pouco para espreitar. Voltou depois, devagarinho, e disse muito baixo:

— Lhe deram com muita porrada para ele falar. Sô aspirante mandou mesmo Mandombe lhe esfregar bem as costas com jindungo e depois lhe deu de cavalmarinho.

— Aiuê, aiuê, meu homem! Lhe mataram, tenho a certeza, mano! Coração fala!

O cipaio, impaciente e medroso, olhava para todos os lados, aconselhava:

— Fala devagar, mana, fala devagar. Se sô administrador sabe eu estou te dizer estas coisas, me põe na palmatória.

— E é bem feito! Vocês é que castigam no povo, vocês é que arranjam essas histórias de ganhar matabicho. Você julga eu não vos conheço? Até você, neto de sô Kaiume, até você, se calhar, lhe deu as palmatórias.

— Ai, palavra. Juro mesmo. Quem lhe pôs palmatória foi mesmo Mandombe e João. Lhe deram cem. Nos pés, nas mãos, no mataco. Aiuê, coitado Domingos! Até tapei meus ouvidos para não sentir o infeliz. Mas ele, mana, não disse nada. Só gritava: "não sei, não digo, me matem". E sô aspirante a malhar de cavalmarinho. Por isso mesmo lhe levaram em Luanda.

Maria ouvia com atenção as palavras do cipaio enquanto tentava adormecer miúdo Bastião no colo. Os olhos abertos, quietos, fixavam longe as mangueiras da estação. O que o cipaio estava contar já não doía, já não sentia, na sua cabeça só as palavras do seu homem saltavam, repetidas como eco, ampliadas no coração: "não digo, não digo".

E foi mesmo Toneto quem lhe levou no maximbombo que saía para Luanda e lhe indicou para procurar no Posto dos Musseques. Talvez Domingos tinha sido levado lá.

Agora Maria, na madrugada que desperta na rola arrulhando na gaiola do quintal, recorda a longa fita negra da estrada sem fim, os imbondeiros floridos, o capim verde, novo, vergado ao vento, rabos-de-junco e viúvas cantando nos braços dos arbustos e os meninos nus, de grandes umbigos, à beira da estrada oferecendo:

— Maboque, maboqu'ééé! Compra maboque docinha!

E depois de Calomboloca, a chuva grossa caindo, o cheiro bom da terra molhada entrando nas narinas, os campos verdes do algodão vigiados pela sanzala de imbondeiros grandes, floridos ainda, sem múcuas pendendo. E as luzes ao longe, piscando, piscando dentro da ansiedade. A cidade grande, desconhecida, de há doze anos. Muita gente nas ruas quando chegaram junto à Missão e o homem do maximbombo berrando para descerem com depressa:

— Chegaram! Vamos lá a tirar as imbambas. Depressa! Para baixo, para baixo, negros!

E olhando miúdo Bastião dormindo na esteira, a pequena boca aberta, Maria sente o eco da voz do seu companheiro, Domingos Xavier, lhe martelar a cabeça, como martelo pneumático, ressoar no coração: "não digo, não digo". E vêm as caras envergonhadas de Toneto, João e Mandombe com a palmatória junto de sô chefe, de sô secretário, todos no Posto, batendo no seu homem, no homem da sua sanzala, que gostava de brincar com o seu mona.

O sol espreitava detrás do Lixeira, a claridade penetrou nas frinchas da cubata e com ele Maria recebe a voz serena, distante, de sá Zefa:

— Disse para lhe procurares! fazer barulho, berrar. Leva mesmo miúdo Bastião!

Se levantando devagar, vem até na porta do quintal ver nascer o dia.

4

Naquela hora das cinco e meia, contínuo na rua, só de correio na mão indo ou vindo do velho edifício dos CTT, Xico João nem tirara a farda cáqui como costumava, vestindo depois sua camisa colorida e calça estreita, como gostavam lá em cima as inúmeras admiradoras e admiradores do alfe do Botafogo. E assim atravessou toda a Baixa, naquela hora de saída dos empregos, com os miúdos ardinas correndo já para vender o primeiro jornal da tarde. Xico era magro e não muito alto, usava mesmo aquele passo elástico característico dos queridos das moças das farras, dos miúdos das claques do futebol. Mas enquanto muitos só pensavam nessas coisas, Xico João, tendo ouvido muitas conversas em casa de seu alfaiate amigo Mussunda, do Bairro Operário, e com aquele seu espírito de curiosidade, foi percebendo que, mesmo magrinho e feio, marreco de pequenininho, amigo Mussunda falava de encantar as moças, falava de convencer mais-velhos, sua cabeça tinha resposta boa para tudo. Problemas do povo, então, ninguém que sabia tão bem como ele. Com essas conversas de sábado à tarde ou domingo de farra no clube, Xico foi verificando que a vida não é só calça estreita, brilhantina avulso, camisa americana.

E mais tarde, num dia de grande chuva de Abril, amigo Mussunda tinha falado umas conversas que lhe abriram nos olhos: mostrou que não havia branco, nem preto, nem mulato, mas só pobre e rico, e que rico é inimigo do pobre porque quer ele sempre pobre. Aí Xico tinha ficado muito admirado, refilara com Mussunda — como então, se os ricos dão trabalho, se os ricos dão o dinheiro, se os ricos dão a esmola nos pobres, se não havia rico, pobre não tinha trabalho! O alfaiate riu muito na cara do rapaz. Mas depois lhe explicou muitas coisas, como o rico dá de maneira que pobre sempre é pobre e trabalha para ele ser sempre rico; se não havia rico não havia pobre, todo o mundo era igual. Pois é, mas então se dinheiro de rico fica quieto, dá mais dinheiro? Não pode! Só com trabalho do pobre, mano Xico, é que o dinheiro dá mais dinheiro para o rico ficar mais rico, e o pobre? Sukua! Sempre na mesma!

Sorridente, Mussunda concluía:

— Amigo Xico, sua cabeça só tem é brilhantina! Se não tem rico, toda a gente come funji. Assim, olha!: uns comem cabrito no almoço e os outros... nem funji!

Mas só muito mais tarde, quando naquele cacimbo muitos irmãos do Botafogo foram na prisão por causa a escola primária do clube — que não tinha autorização; que não estava no Plano de Ensino; isto é, palavras dos brancos que querem dizer que ninguém sozinho pode fazer nada, pior se negro é quem quer fazer —, Mussunda foi dar encontro com Xico, era numa tarde, e fez-lhe o convite:

— Sabe, mano Xico! Muito tempo já que lhe espreitamos. Você é bom rapaz, alfe como você a gente não tem. Agora sua cabeça não tem só mais brilhantina. Os rapazes pedem se você quer ser diretor aí no clube. Com Maneco e Zezinho na prisão, precisamos gente, senão o clube morre!

Xico Kafundanga sentiu uma grande alegria. Muito tempo um bicho roía no seu coração vendo outros irmãos no trabalho comum e ele sempre de fora, só dando pontapés e dançando massemba e merengue. Não teve palavras para o amigo Mussunda, os olhos só que ficaram pequenos, sentiu o cacimbo a cobrir-lhes, e respondeu:

— Aceito! Vocês é que sabem.

Daí é que começou a sua vida nova. Pópilas, vinte e quatro anos já, como é tinha perdido tanto tempo? Agora, à noite, na luz de petromaxe, leitura de francês e inglês com aquele irmão do *Industrial*. De dia, seu trabalho de contínuo, aprendendo tudo lá na Companhia. Aiuê, se um dia ele ia poder mostrar no chefe da contabilidade como já sabia trabalhar com as máquinas! Aprendera de limpar só, depois das cinco, sempre medroso de lhe apanharem. Mas nas farras também não deixava, não! Aí, quando falava, toda gente começava ouvir e muitas mães que diziam nas filhas:

— Cuidado vocês nesse Xico. Uhm! Esse menino tens cada conversa!...

E agora ali vai, farda de cáqui, pensando nas conversas do Velho Petelo, na dedicação do antigo marinheiro sempre em seu posto, cumprindo sua missão, e, sorrindo, lembra miúdo Zito. Menino esperto, se via bem. E depois, assim de pequenino no trabalho, havia de ser um bom. Pena não poder ir na escola. Isso era problema para ele resolver: pôr miúdo Zito na escola. Na escola do Bota já tinha mais do dobro quando mandaram fechar. Na escola oficial, aí é preciso quedes, é preciso bata, é preciso isto, é preciso muita coisa. Tinha mais é de falar com Mussunda: pecado deixar miúdo Zito crescer sem livros. Menino esperto, jurava!

No largo, o velho maximbombo esperava já. Mano Xico entrou, sentou-se bem na frente, pois gostava ir a apanhar o vento naquela viagem que fazia muitas vezes. O ar saía nos lados do mar, nas ilhas do Mussulo. Com a lotação quase completa, o velho *Internacional* arrancou, fumarento. Xico pagou bilhete e mergulhou novamente nos seus pensamentos, a recordar a descrição de velho Petelo, não queria falhar nenhum pormenor: um preso, alto e magro, novo, uma carrinha *Chevrolet* azul, cheia de poeira, tinha chegado de manhãzinha, o sol ainda a nascer lá atrás no Lixeira. O número da carrinha estava mesmo escrito num papel para rasgar depois. Quem seria? Na boca de velho Petelo e miúdo Zito, menino corredor de todos os musseques, caçador de fisga e visgo, aquela cara não lhe conheciam lá em cima. Mas o importante era dar encontro em Miguel, talvez ele sabia quem era. Se não sabia, ia informar quem devia, da prisão do companheiro. E assim, pensativo, perdia o poente bonito, nosso sol se afogando no sangue do mar azul e de todas as cores. O Mussulo recortava suas sombras de coqueiros, traineiras saíam a barra da Corimba, passavam na rebentação.

Só mesmo a voz do cobrador, saindo no fundo do maximbombo, é que lhe despertou. Um irmão, operário pelo aspecto, tinha entrado na paragem do *Baleizão* e correra a sentar-se, com depressa, nos bancos do fundo. O cobrador ainda lhe resmungara uma qualquer coisa sobre os sapatos, mas ele se encolhera mais no seu canto, as mãos entre os joelhos. E agora a voz do cobrador chegava distintamente nos ouvidos de Francisco João.

— Para outra vez, já sabes! Ponho-te na rua!

— Mas... paguei meu bilhete.

— Cala a boca. Não interessa. Já te disse ontem: assim todo sujo não tornas a entrar no maximbombo.

O homem levantava e baixava os olhos, falava baixo, procurava não ser notado. Mas toda a gente virava a cabeça para trás e alguém insistia mesmo para o cobrador expulsar o homem do maximbombo.

— Mas se eu saí agora do trabalho, moro longe...

— Bem! O melhor é calares a boca. Se não, vais mesmo para o olho da rua.

O motorista até já tinha espreitado, resmungando qualquer coisa. O operário, pedreiro ou caiador, trazia o fato coberto de nódoas de cal e os seus pés se escondiam nuns velhos quedes. Assim como estava, o cobrador achava que ele não podia viajar. Duas senhoras brancas concordaram, acrescentando que qualquer dia nenhuma pessoa decente podia andar nos maximbombos por causa o cheiro dos negros. Dois rapazes diziam ao cobrador:

— Deixe lá ir o tipo. O gajo vai no lugar dele, ali no fundo.

Xico João já tinha visto muitas cenas destas. Todos os dias, em todos os sítios, era o pão quotidiano de todos os irmãos. Mas muito embora ensinado por Mussunda, sempre não podia ver essas conversas sem uma vontade de tomar a defesa do irmão ofendido e insultado, só mesmo com muito custo refreava o impulso natural contra a injustiça de que era espectador. Por isso se virou na frente, fugindo no olhar das duas senhoras que lhe miravam e procurou concentrar novamente nos seus problemas. Sabia que se ia falar, na discussão ia nascer com certeza a pancada e daí a polícia e a prisão durante dias ou semanas. Porque justiça de polícia é justiça de quem manda, ele e o operário iriam de certeza para a prisão. O recado de velho Petelo tinha de ser transmitido, seus desejos não contavam agora. Mas era pena! Seria bom partir as fuças ao cobrador. Para evitar mais confusões desceu duas paragens antes do seu destino, não sem ouvir ainda as senhoras a dizerem:

— Esse, aí à frente, ainda vai com ar de gozo. Não sabem pô-lo no lugar dele? Os negros são lá atrás.

Francisco João desceu sem as olhar. O mar vinha de longe, murmurante, se roçar nos pés na areia. Trazia o bom cheiro da costa angolana, vinha de viagem, saía na Baía dos Tigres, no Kikombo, na foz do Kwanza também, com as águas barrentas do grande rio. O sol já tinha mergulhado, todo o poente era um borrão vermelho em cima das figuras negras dos coqueiros. Na praia, as cubatas dos pescadores se desenhavam na sombra, vivas no piar das galinhas e pintinhos regressando do ciscar diário, muitas vezes mesmo grunhir do pequeno ngulu no quintal. Redes dormiam embaixo da capa das folhas de coqueiros na praia deserta e canoas descansavam das longas viagens nos seus dormentes de mafumeira. Nas águas sempre quentes, monas nus ainda brincavam com um bocado de canoa, dando banho a um cabiri.

Mulheres sopravam seus fogareiros de lata, assavam peixe ou cozinhavam panela de feijão. Velhos pescadores cachimbavam nas portas ou filosofavam em grupo. Moças de panos, com cheiro de mar e sol, riam em suas conversas. E, no fim de tarde calmo, o fumo e o murmúrio das falas subiam da sanzala à beira-mar.

Xico atravessou o asfalto, desceu o barranco entre o capim já alto e, contornando o quintal, chegou devagar até na mulher que, na porta, assava peixe. Embora tivesse tomado todas as precauções, os sapatos rangeram na areia. A mulher gorda, pressentindo-lhe, sorriu e, lhe abraçando, exclamou:

— Aiuê, menino Xico! Tanto tempo! Ená, tanto tempo, já. Como está?

— Bem, mamã Sessá.

— Bebiana, Bebian'ééé! — mamã Sessá chamou.

— Ai?! Bebiana está? Pensei, ainda andava naquela senhora, na costura.

— Nada, menino! Esta semana está com a gente, mesmo. Miguel lhe aleijaram na mão. Ele fala foi na pesca, mas makutu'ê! Esse Miguel, não acredito! Parece é foi na loja de sô Fernando, andou jogar porrada com aquele cabrito, filho do velho das traineiras.

De dentro da cubata, Bebiana saiu. Vestia vestido leve e, descalça, dava ao corpo o mexer do mar. Na cara fina de Xico um sorriso brilhou tanto que mamã riu baixinho.

— Esse menino!...

Bebiana veio e sorriu para Xico, que cumprimentou com gentileza. Depois mamã Sessá continuou:

— Sabe, Xico!? Você hoje ficas para comer aqui. Miguel está na casa do sô Vicente. Vão lhe chamar, Bebiana!

Pelo areal foram devagarinho, ao passo de Xico. Bebiana muito calada, os olhos baixos, Xico abrindo o resto do sorriso que se prendera na cara quando ela saíra na cubata.

— Então você nunca mais apareceste?

— Oh Bebiana! Não diz só isso, você sabe...

— Sim, eu sei. As minhas amigas me disseram agora te veem sempre dançar com a Carlota.

— Ai, não é isso. Você sabe eu só gosto de você...

— Makutu!

— Palavra, juro! Só de você que eu gosto, Bebi, mas você sabe...

E aqui Xico tomou um ar sério, um pouco importante para impressionar, e depois concluiu:

— Você sabe, minha vida agora não é como antigamente. Já não vou sempre nas farras, nada. Agora penso com a cabeça. E se te digo que você é que eu gosto, é porque é assim mesmo.

— Ai, Xico! Como vou te acreditar então? Toda a gente está t'a ver com a Carlota e a Joana!

— Oh! Deixa só. Isso é conversa de mais-velhos. Se você não acredita, pergunta mesmo no mano Miguel. Ele sabe, Bebi, ele sabe.

Dizendo estas palavras, Xico lhe agarrou na mão e assim chegaram na cubata de sô Vicente, onde, à porta, sentados na areia, Miguel conversava com o velho cego.

— Bem que te vejo, mano Xico. Ainda hoje estava a falar em você a vavô Vicente. Não acredita você mudou. Está me dizer: "Nada! Aquele, se fama dele chegou na Samba, ninguém que lhe arranca nas farras, não deixa só ser suinguista."

— É verdade, vavô Vicente! Palavra. Agora minha cabeça pensa. Acredita só! E ainda para mostrar toda a gente tenho juízo, vou casar na Bebiana.

A moça se soltou na mão que lhe agarrava, e depois, ofendida, respondeu violenta:

— Ala poça! Você pensa casar é assim como você quer? Já me perguntaste? Já me falaste? Pensa eu sou uma qualquer que você apanha no baile, dorme com ela, não é? Até logo!

Ofendida, se afastou pela areia da praia, as ancas mexendo o jeito que o mar ensina. Xico Kafundanga e Miguel riram, mas vavô Vicente, estendendo os olhos gastos pela noite do mar, filosofou:

— É assim, menino Xico! Quem merece é que tem. Mas para merecer tem de tratar bem. Vocês, meninos, pensam rapariga é trapo; depois, olha!...

E os dois amigos despediram no vavô Vicente, que ficou olhar o mar, e se dirigiram na casa de mamã Sessá.

— Então, mano, que é que passou?

— Olha ainda, Miguel! Uma má notícia. Hoje de manhã, meio-dia mesmo. Vieram-me procurar para dizer chegou um preso. De maneiras que pedi para sair mais cedo e vim te avisar.

— Tem nome dele?

— Não. Ninguém que lhe conhece lá em cima.

— Então como é?

— A pessoa que lhe viu indicou tudo. Chegou na carrinha, tem mesmo o número da licença, cor e mais coisas. Lá em casa te digo tudo para você saber.

Pela beira-mar, entre os dongos já adormecidos, caranguejos fogem debaixo dos pés dos dois amigos. O fumo do peixe-galo assado que saía da fogueira de mamã Sessá, o pensamento do molho de jindungo, faz Xico Kafundanga e Miguel apressar os passos na areia da praia.

5

Quando bateram na portinhola da cela, Domingos Xavier não percebeu o que se tratava. Estava ainda meio adormecido e a voz de alguém, de fora, parecia misteriosa, longínqua. Deitado de barriga, nem se mexeu. Mas depois o bater da grande concha na portinhola fez-lhe virar e abrir os olhos. Pouco a pouco foi ganhando forças, tomando consciência das dores que lhe enchiam todo o corpo ao mais pequeno movimento. A muito custo se ajoelhou, ergueu-se depois. O sangue, percorrendo veloz nos membros adormecidos, provoca comichão difícil de aguentar e os olhos semicerrados descobriram dois olhos curiosos numa cara negra enrugada, espreitando no postigo.

— Matabicho! — repetiu a voz que lhe despertara.

Domingos Xavier fixou os olhos que lhe fitavam, a mão que estendia uma caneca de alumínio fumegante. Meio adormecido, estendeu o braço e recebeu a pequena caneca e o pão que, de fora, lhe entregavam. Depois o bater do postigo, o barulho do fecho exterior e outra vez o silêncio.

O sono fizera-lhe bem, os olhos estavam pisados mas pouco inchados já e o corpo doía menos quando endireitava. Apenas nas mãos e nos pés sempre uma comichão desesperante, do sangue a circular enquanto a carne desinchava, obrigava a se coçar até fazer ferida. E as costas, que o cipaio untara com jindungo, cortadas a cavalo-marinho, mesmo sem camisa doíam.

Domingos pousou a caneca e o pão em cima da laje. O resto da cela era apenas uma pia, mesmo junto na cabeceira.

A cela era ainda nova, não tinha muitos nomes nas paredes, nem grandes teias de aranha nos cantos. Mas da pia saía um cheiro nauseabundo que a todo o momento lhe provocava vômitos. Isso, e o pior: a fome. Se sentou com dificuldade no chão, sentia as nádegas estalarem das pancadas da palmatória. As lágrimas apareceram a correr na cara larga de Domingos Xavier e teve de fazer um grande esforço para não gritar.

Mas, ao pegar na caneca para beber o matabicho, um bilhete boiava ainda no líquido escuro e o coração de Domingos bateu mais depressa. Lá fora cantavam os pássaros nos ramos das árvores da cerca e o sol se abria num sorriso. Rápido, tanto quanto lhe permitiam as mãos inchadas, desdobrou o pequeno papel escrito a lápis e leu: "Coragem, companheiro, não fales nada, não sabem nada. Coragem. Timóteo." Ah, como era bom saber um companheiro perto, como era bom sentir o calor da solidariedade! Domingos Xavier tinha a certeza de resistir, sentiu mais forte o dever de não trair os amigos que confiavam nele, não trair a sua terra. Mas como tinha vindo então o bilhete? Nada, não podia ser. Domingos Xavier, isso é mas é uma rasteira da polícia, eles estão espreitar no buraco da fechadura. Cuidado! E quem anda distribuir o matabicho para trazer assim os bilhetes? A polícia sabe tudo, tem todas as maneiras de te fazer falar, Domingos... O melhor mesmo é não pensar mais no bilhete. Faz-lhe desaparecer. Como? A pia está entupida, fósforos não tens? Se o bilhete é de verdade e entram na tua prisão e te dão encontro com ele, toda a gente vai ser torturada...

Neste pensamento, Domingos Xavier rasgou o bilhete em pequenos pedaços e, metendo no meio do pão, mastigou-lhes ajudando com café ainda quente. Um calor reconfortante percorreu todo o corpo, no estômago, no peito. A cabeça já não doía tanto, não. Ontem parecia mesmo que ia morrer. Mas era melhor mesmo morrer como ele estava a pensar. Só que, nessa hora, o sol brinca lá fora nas árvores verdes e os teus irmãos, Domingos, estão contigo. Os teus amigos sabem que estás preso e confiam em ti, te mandam bilhetes com palavras de coragem, precisas cumprir, Domingos Xavier. É verdade, irmãos, preciso de cumprir. Ontem já cumpri. Na Administração me deram com a pancada nos pés, nas mãos, no mataco, irmãos. Vocês pensam não custa? E ainda por cima ver nossos irmãos a nos bater? Ai, aqueles cipaios João e Mandombe, se lhes dou encontro um dia! Mas, irmãos, minha boca não se abriu, meu coração ficou fechado com os segredos do povo. Custa muito, irmãos, aguentar a porrada de cavalo-marinho com jindungo nas costas. Mas é preciso resistir, irmãos. Depois a viagem, nem quero falar! E aqui nesta prisão? Pensa na cabeça, irmão, pensa o que você sofre nos cipaios se te entram sem documento, pensa o que você sofre no contrato e na estrada, pensa só isso, irmão! Se você compara esta prisão, pópilas!, isso é nada! Nada! Ontem cheguei, ninguém que me desamarrou. Assim mesmo, irmãos, me obrigaram falar meu nome, emprego, família. E depois um pequenininho de cara de pau — eu não lhe conheço — me levou embora numa sala e mandou para sentar no chão. Tudo estava escuro lá dentro, todo o corpo estava a doer, sentia já a vida a sair com as dores. E pronto, irmãos. Cada palavra, cada pancada nas costas. "Onde está Bernardo de Sousa?" "Não conheço!" "Porrada no gajo!" "Onde está Sousinha?" "Não sei, não conheço!" "Porrada nesse gajo!" Sempre assim, irmãos. Me bateram nos rins, mijei mesmo sangue lá no quarto. Queriam saber quem era o amigo de Sousinha, o branco. Falaram o Timóteo, que tinha dito tudo, não adianta armar em esperto, e cada vez o chefe magrinho, de óculos, falava, aquele cara de pau arreava. Tantas vezes que desmaiei. Mas sempre me acordavam com balde de água e pontapés. Mas não falei, irmãos. Domingos António Xavier não atraiçoou seus irmãos. No fim mesmo, já nem lembro as horas, talvez era de dia, talvez era noite, me desamarraram e me pisaram com os sapatos todo o meu corpo. Não lembro de mais, irmãos. Só queria eu falasse coisas eu não sabia e outras eu sabia, mas não dizia. Sempre a perguntar: quem é o branco, quem é o branco! Uma luz muito grande na cara cegava, ardia. Mas não falei, não, irmãos. Mano Timóteo, você pode acreditar, coragem eu tenho, eu tenho, mas dói.

Outra vez deitado de barriga para baixo, Domingos Xavier esperava. O sol já estava alto, as árvores xuaxalhavam, meninos faziam barulho longe em suas brincadeiras. A cadeia estava silenciosa, adormecida. O tempo corria devagar, o sangue picava nos pés, nas mãos e em todo o corpo ferido.

Por isso Domingos estremece quando o fecho da porta roda de repente e a porta escancarada deixa entrar a luz violenta que lhe vem cegar nos olhos pisados. Durante segundos, diante de si, está só uma mancha negra, que, pouco a pouco, se define, até que o corpo franzino, raquítico e curvado do chefe de brigada aparece sorridente, bem barbeado, atrás dos óculos de aros finos.

— Ora então, bom dia! Dormiste bem? Vê-se, meu rapaz, vê-se. Anda daí comigo...

Domingos Xavier se levanta com custo e pensa naquela mudança do chefe, na outra noite tão feroz, agora tão amigo. Até lhe ajuda mesmo a levantar-se. O tratorista segue pelo corredor com muito custo, tem de parar para se encostar à parede, custa muito fixar aquela luz forte do sol a cegar nas altas paredes brancas da prisão. É o cipaio que lhe segura e lhe guia enquanto as suas mãos inchadas defendem a vista. Dentro da sala — a mesma ou outra, como saber então? — está tudo limpo e arrumado.

— Oh diabo, a luz fere-te a vista — o chefe de brigada corre as persianas e, abrindo a porta, berra para fora:

— Pereira da Cunha!

Um agente alto e magro, de rosto bexigoso, aparece logo à chamada.

— Podemos ouvir este gajo, agora. Traga a máquina.

Quando o agente saiu, o chefe, sempre sentado, continuou falar para Domingos Xavier:

— Não tenhas medo! Ninguém te faz mal. É só responderes a umas perguntas, assinas o papel — sabes escrever? — e depois vais embora. Está lá fora a tua mulher à espera.

Domingos Xavier crispou os punhos tentando descobrir o que estava atrás da voz amiga do polícia. Impossível Maria estar ali na cidade. Só ontem é que lhe tinham trazido, como ia poder saber?

O agente alto e bexigoso entrou com a máquina de escrever e o cipaio atrás com uma pequena mesa. Depois de tudo arrumado, o agente começou a copiar, para uma folha azul, palavras do relatório enviado pela Administração da vila; o chefe levantou-se, deu umas voltas a Domingos Xavier, sempre falando, com calma, pausadamente, querendo imitar a máxima sinceridade no que dizia:

— Ninguém te quer fazer mal. É só responderes, já sabes. Mas vocês pensam que nós não sabemos nada. A polícia sabe tudo, pá! Tudo! Portanto é melhor deixares de tretas. Nós sabemos que és um gajo porreiro, trabalhador, bom tratorista — os teus patrões lá da barragem estão à espera, já telefonaram para te mandarmos embora. Agora o resto é contigo. Está bem?

Domingos fez que sim com a cabeça e o chefe sentou-se, brincando com o corta-papel.

— Então diz lá: conheces um tal Bernardo de Sousa?

— Não conheço!

— 'tás a ver? Começas mal, pá! Começas mal. Todos dizem que tu conheces... Olha, o teu amigo Timóteo, sabes quem é?

— Não conheço!

— ... o teu amigo Bernardo...

— Já disse, não conheço!

— A gente assim chateia-se, pá! Nós sabemos tudo, portanto

o melhor é falares. Conheces então o Bernardo de Sousa. E sabes quem é o branco com quem ele falava?

Domingos Xavier estava atento, no seu cérebro tentava seguir todos os caminhos do pensamento do polícia. Não respondeu.

— Responde! — berrou, atrás dele, o agente, sentado à máquina.

— Cale-se, Pereira da Cunha! O rapaz fala. Está cansado e assustado, é preciso percebermos isso. Ó Vinte-Sete!...

O chefe chamou para fora, o cipaio veio a correr, fazendo chiadeira com as botas cardadas.

— Chamou, nosso chefe?

— Vais buscar uma cerveja preta e duas sandes de presunto. Pede dinheiro ao senhor Oliveira.

O cipaio saiu, fechou a porta. O polícia, levantando outra vez, aconselhava Domingos Xavier:

— Fazes mal, rapaz, fazes mal. Eu estou a dar-te a oportunidade de ires para casa, para a família. Quem é o branco?

— Não conheço nenhum branco.

— Olha, Xavier! O Fernando confessou tudo.

— Não conheço nenhum Fernando.

O chefe sorriu só, nesta resposta, e, abrindo a porta, saiu para o corredor. O agente alto e bexigoso, atrás do tratorista, avisou:

— Aproveita hoje, rapazinho! O chefe está bem-disposto. Senão noutro dia trata-te como um cão, ouviste, negro?

Domingos Xavier estremeceu, sentindo o ódio que o agente pusera naquelas palavras, e um calafrio lhe percorreu no corpo todo quando lembrou o agente da cara de pau, na outra noite, a pôr-lhe pontapés nos rins. Mas o chefe de brigada já regressava trazendo consigo um rapaz, baixo e forte. Domingos Xavier olhou-lhe e reconheceu o tal marteleiro, aquele que o amigo Sousinha avisara que era da polícia. O seu ar bem tratado, sapato e camisa engomada, contrastava com o ar torturado do tratorista.

— Então não se conhecem?

— Lhe conheço, sô chefe. Este gajo mesmo é que conhece o branco. Toda a gente na sanzala falava isso! Ele e o Sousinha!

— 'tás a ver? Eu quero safar-te, rapaz. Quem é o branco?

Domingos não respondeu. O seu olhar cacimbado pousava no outro, na sua frente. E quando ele não podia mesmo aguentar mais o olhar do tratorista e baixou os olhos, Domingos cuspiu no chão, aos pés do outro. A cara do chefe teve uma breve contração e o agente levantou logo-logo arrastando a cadeira.

— Calma, Pereira da Cunha!...

Novamente diante dele, o chefe brandia o corta-papéis, perguntava:

— Não sabes, então, quem é o branco? Olha, pá! A tua mulher está ali à espera, não queres falar?...

Nesse momento o cipaio bateu à porta, com a cerveja e as duas sandes e pousou-as na secretária. O chefe de brigada tirou os óculos de aros finos, limpou as lentes e deu ordem, apontando o bufo:

— Ó cipaio! Podes levar este gajo para a cela. E diz a essa mulher, a que está aí no quintal à espera, que pode ir na terra. O homem dela nunca mais vai sair da prisão.

Domingos Xavier se levantou, veio a vontade de correr na porta, sair no quintal, gritar para Maria que estava vivo, que não ia dizer nada, nem que lhe matassem. Mas, na hesitação do cipaio, percebeu o truque do polícia e sorriu só. O marteleiro, de olhos baixos, saiu com o cipaio e o chefe, sempre amável, foi dizendo:

— Come, anda, pá! Tens aqui o teu copo. O outro é para mim.

Com devagar, fazendo espuma, o chefe de brigada dividiu pelos dois copos o conteúdo da garrafa de cerveja. O tratorista começou a comer, primeiro devagar, depois devorando, enquanto na sua cabeça as ideias todas baralhavam. Aquela maneira do chefe nascia problemas difíceis. Quem sabe, se calhar Maria estava mesmo a lhe esperar? Mas não pode! E só percebeu o que lhe sucedia quando se sentiu no chão, os lábios cortados pelo copo da cerveja. Um soco do agente alto e bexigoso, a um sinal do chefe, tinha-lhe apanhado no momento em que começava a beber. O líquido atingiu-lhe nos olhos, cegou-lhe, e em defesa instintiva se encolheu no chão fugindo à raiva dos golpes do agente, enquanto a voz estridente e agora irritada do chefe lhe chegava através do resfolegar da respiração do polícia que lhe cobria o corpo de pontapés.

— Sacana! A querer levar-nos na cerveja e na sanduíche. Arreia no gajo, arreia! Tens de dizer, ai dizes! Ó cipaio!

O cipaio veio a correr, assustado, e perfilou-se diante do chefe. O agente, cansado, respirava forte, e Domingos Xavier se torcia, gemendo e sangrando no chão de cimento.

— Leva este gajo para a cela. Não come nem bebe até eu dizer, ouviste?

Agarrando no tratorista embaixo dos braços, o cipaio arrastou-lhe pelo corredor até no quintal. Cá fora deixou-lhe caído no chão, enquanto ia no carcereiro branco pedir as chaves. Domingos Xavier, gemendo e torcendo-se com as dores que se estavam nos rins e na barriga pisada pelos sapatos do agente, fechou os olhos na luz fortíssima do sol. Mas ainda viu, desenhados num céu cheio de nuvens cinzentas, correndo, papagaios de papel com seus rabos de trapos de lixeira, brinquedos de meninos de musseque. Sorriu: lá fora a vida continuava, não podia atraiçoar o seu povo. E se deixou mergulhar no sono que lhe invadia outra vez, esquecendo as dores violentas, enquanto o cipaio, arrastando novamente, lhe levava na cela.

Quando a porta da cela se fechou, foi então que os seus olhos inchados e pisados choraram as lágrimas da alegria de ter resistido mais uma vez. O chão de cimento era bom encostado nas dores dos lábios a sangrar com o sono do cansaço chegando, atropelando no sofrimento, no cheiro podre da pia da cela, e vinham os papagaios de papel dos meninos do musseque, vadiando num céu azul ou cheio de nuvens correndo malucas, como na sua infância, à beira do Kwanza, fazendo luta com o menino Antoninho, filho de sô gerente, que fazia bonitos balões com papel de seda saído em Luanda. Mas coitado! Sem vinco nenhum, era preciso depois miúdo Mingo arranjar um rabo de trapos sujos para o balão subir. O menino Antoninho ficava feliz, mas miúdo Domingos fazia-lhe pouco: balão com rabo, balão sem vinco, nunca se viu. Nunca!

6

O dia que Maria viu nascer, pensativa, na porta da cubata, com seus amigos e seu mona dormindo ainda, ficou lembrado no musseque. O sol apareceu muito cedinho, amarelo e quente, atrás do musseque Lixeira, lá em cima, no morro da fábrica do cimento. O céu azul não tinha nuvens e desde manhãzinha a cidade estava debaixo de um calor asfixiante. A brisa marítima não soprou e, meio-dia quase, nuvens muito brancas e grossas começaram a subir do Sul empurradas por ligeiro vento que se levantou ao princípio da tarde. E foi depois a grande chuvada que deixou um rastro funesto no musseque de casas de zinco, pau a pique, madeira, latas velhas, papelão até.

Na hora que Maria levantou, o dia era lindo. Algumas acácias, junto à estrada, exibiam suas flores cor de fogo e pouco povo só que descia as ruas de areia, caminho da Baixa. Só tudo gente mesmo lá de trás, do Cuca, do Lixeira, que tinha de levantar muito cedo. Ali, no princípio do Sambizanga, ainda estavam raspar a língua e acender fogareiro para o café aguado e o pão com chouriço que iam comprar, já no caminho, em qualquer quitanda.

E enquanto Cardoso não saiu no trabalho, Maria ajudou a sua amiga Tété no serviço do matabicho para todos e foi ainda buscar uma lata de água. Depois que o velho amigo saiu e os dois meninos desapareceram em berridas com outros miúdos do musseque, Maria tratou de seu filho Bastião e só depois decidiu ir no Posto procurar o seu homem. Uma grande calma a invadira. Talvez era a recepção dos amigos,

amigos de verdade que a receberam, ou mesmo, não sabia, talvez, aquele dia tão bonito, com muito sol. Mas dentro de si uma grande confiança dizia-lhe Domingos estava bem e ia encontrar no seu companheiro, tudo ia ficar arrumado e depois, pronto, era apanhar só o maximbombo na Missão e voltar no trabalho, na barragem.

Sá Tété pediu na vizinha um menino emprestado para adiantar chamar um dos seus filhos, com certeza na brincadeira nas barrocas do outro lado da estrada. Quando o menino apareceu, Tété ainda ralhou-lhe um bocado mas depois mandou:

— Nzuá! Vai ainda com a dona Maria e lhe mostra no Posto, 'viu?

Maria sorriu no menino, deixou miúdo Bastião com a amiga e saiu para a rua. O sol escaldava, mas os pés nus de Joãozinho saltavam nos cacos e nos espinhos, indiferentes à areia quente. Nem um vento pequenino fazia, mulembas não xaxualhavam, meninos de papagaios na mão esperavam só o vento da brincadeira.

Seguiram na estrada da Conduta, caminharam algum tempo, Maria reparando como assim o musseque estava cheio, casa com casa, muita gente vivendo na mesma cubata, meninos nus de grandes umbigos chupando ranho, brincando na areia, ou sentados, fixando seus olhos grandes. E quando Nzuá apontou com dedo as casas, lá, ao pé do imbondeiro, do outro lado da rua, ela recomendou:

— Agora volta depressa. Mamã está t'esperar.

O menino fez que sim e saiu nas corridas, se perdendo logo na confusão das casas do musseque.

Quando ficou sozinha, Maria se sentiu então menos confiante. Enquanto ia com o menino, olhando o povo no seu viver, não pensou muito. Mas agora era só dar uns passos, atravessar na estrada de areia e, do outro lado, dava encontro o Posto. Começou mesmo a sentir medo enquanto se dirigia nas casas, medo a sua confiança ia ser desmentida por qualquer palavra à toa, sem mais explicação, num funcionário qualquer, de farda branca.

O Posto, naquela hora, estava cheio. Muita gente em bichas, requisitando cadernetas, pagando imposto, tirando fotografia para identificação, qualquer era preso mesmo à toa. Maria chegou devagar, o suor corria embaixo dos panos com esse calor a apertar, e o sol brilhava, amarelo, no céu ainda sem nuvens. Deu volta na casa e entrou no quintal. Muitas mulheres que estavam também ali, lavadeiras, muitas que tinham seu trabalho em casa de patrões na Baixa e, por isso, podiam ser mais rusgadas. Maria ficou por instantes parada embaixo do imbondeiro, na sombra, olhando as grandes filas de gente, as muitas portas e janelas, os cipaios preguiçosos sentados nas escadas à sombra das buganvílias. Depois se decidiu e perguntou numa mulher de vestido, ainda nova, segurando no colo uma criança que estava dar de mamar:

— Pra falar no sô administrador, pode me dizer?

A outra olhou-lhe espantada, mas depois mirando-lhe os panos respondeu, mostrando a casa no outro lado:

— É ali. Mas pra falar vão te fazer esperar. Você não és de Luanda?

Maria disse que não, agradeceu e atravessou o terreiro de areia solta, dirigindo-se na outra casa. No imbondeiro, de folhas novas, pírulas cantavam chuva e Maria, ouvindo-lhes, olhou novamente o céu, hábito de gente do mato. Azul, azul como ela nunca tinha visto. Só que sem nuvens, sem vento. Sol só e um calor sufocante desprendendo rios de suor por baixo dos panos. Os pírulas cantavam sem parar e a longa fila de homens para os documentos se cobria de moscas que eles sacudiam com grandes pancadas nas pernas.

A casa da Administração tinha uma varanda na frente, era igual da vila. Na entrada tinha um cipaio e, lá dentro, pelas janelas abertas, Maria viu os homens de farda branca escrevendo nos livros e batendo nas máquinas. O cipaio levantou a cabeça, ouviu cumprimento de Maria, mas continuou sentado.

— Eu queria falar no sô administrador.

— Sô administrador não está. E mesmo se está, só conversa importante mesmo é que pode falar.

Maria tirou o pano que lhe cobria a cabeça e se abanou um pouco, suspirando. O calor virava cada vez mais forte, chegava a hora do meio-dia. Um cão sarnento passou de língua de fora. O cipaio estava outra vez na modorra em que dera-lhe encontro e foi com medo que Maria falou-lhe:

— Mas, se não está, posso falar com quem então?

— Se você queres, eu falo no sô secretário. Vens queixar?

— Ai, senhor, obrigado. Agradeço mesmo, é conversa importante.

Se levantando com custo, o cipaio saiu a sacudir os calções e entrou no edifício. Maria, habituada a esperar, se sentou nas escadas de cimento. No outro lado do terreiro as filas mantinham o seu tamanho, mais gente ia chegando e muitas vezes mesmo uma carrinha ou um carro chegava, trazia um rapaz ou um homem nas cordas. Uma pequena brisa começou soprar e um ar quente correu entre as gentes e as casas, levantando remoinhos de poeira nos terreiros de areia e dando uma frescura falsa nos corpos. Maria estava lembrar o seu homem, não calculava mesmo onde ele podia estar e, sem saber como, estava pensar Domingos nessa hora ia já no caminho da sanzala, na mesma carrinha que lhe trouxera, com sô aspirante pedindo desculpa do engano que tinha acontecido. Mas a voz do cipaio chamou-lhe outra vez à realidade:

— Sô secretário diz ele vem já.

— Oh!, então ele que vem?

— Xê! Você não vê hoje calor é muito...

O secretário, gordo e baixo, a camisa toda desabotoada, apareceu na porta e vendo Maria junto do cipaio avançou para ela.

— És tu que queres falar comigo?

— Sou eu sim, sô secretário. Venho procurar meu homem.

— Quem é o teu homem?

— Domingos. Domingos Xavier. Está a trabalhar nos tratores, naquela obra, passa no Dondo.

Ouvindo estas palavras, o secretário olhou com muita curiosidade, queria ouvir com atenção. Ouvira falar de várias prisões feitas naquela área, mas ali, no Posto, não tinha recebido nenhum preso. Gostaria de os ver e interrogar, havia coisas que lhe faziam uma confusão medonha. Até ali só tinha lidado com presos de delito comum, ladrões, faquistas ou, na maior parte, inocentes que tinha de castigar para dar satisfação nos participantes. Mas presos assim, por atividades políticas, ainda não tinha visto. Por isso perguntou:

— Mas teu homem foi preso por quem?

— Lhe prenderam na Administração da vila. Os cipaios me disseram lhe tinham trazido aqui em Luanda. Foi um sô aspirante, na carrinha azul, que lhe trouxe embora.

Deixando Maria com o cipaio, o secretário foi dentro e, depois de ter consultado vários arquivos e feito perguntas nos amanuenses, saiu, devagar, abotoando a camisa.

— Olha, mulher! Aqui, no Posto, não trouxeram, sabes? Já procurei. Disseste Domingos, não é verdade?

— É sim, sô secretário. Domingos Xavier.

— Pois é! Ninguém com esse nome veio nas prisões do Posto. Sabes onde é a Polícia, na Baixa?

— Não sei. Doze anos que saí em Luanda. É primeira vez estou voltar.

— Não faz mal. Perguntas a um teu patrício qualquer. Lá é que ele deve estar, sabes? Vais lá, porque lá é que ele está.

Virou-lhe as costas e afastou-se para dentro. O cipaio ficou junto dela e tentava explicar-lhe onde ficava a Polícia, era na Baixa mesmo. Mas Maria não lhe ouvia. A confiança que tinha nascido no seu coração, nessa manhãzinha, quando se levantara, tinha desaparecido nas palavras do secretário.

Como ia procurar no seu homem, nesta cidade tão grande, sem conhecer, sem saber? O que estava Domingos a sofrer nesta hora, sem saber de Maria, sem saber de ninguém? Não, tinha de lhe procurar, mas a confiança tinha fugido. Tinha fugido como fugiam as grossas nuvens brancas correndo na frente do vento sul, se amontoando nos lados de Belas, avançando depois em cima da cidade, prenhes de chuva. Os pírulas continuavam gritar nos braços do imbondeiro do Posto dos musseques.

Devagar, vencida naquele calor pesando em cima de toda a cidade, rodeada na poeira vermelha que os remoinhos levantavam nos terreiros dos musseques, Maria atravessou na estrada e, todo o caminho que conhecia, se dirigiu para casa dos amigos.

* * *

Se não eram as conversas de sá Tété, sua mais-velha, de respeito, madrinha, Maria nessa tarde ia ficar com miúdo Bastião na esteira pensando só sua vida, sem procurar Domingos Xavier na esquadra da Polícia. A conversa dessa manhã com o secretário, sua esperança desfeita assim por duas palavras confirmadas nos livros e registros, o alheamento que sentia em toda a gente, faziam-lhe sentir não valia a pena, o melhor mesmo era esperar só, se Deus quisesse havia de ter o seu homem, se não, como ia lhe encontrar numa cidade tão grande? E também aquele vento sufocante que começou a soprar no princípio da tarde, levando papéis e folhas pelo musseque acima, com o sol se escondendo nos grossos novelos de nuvens brancas correndo para nordeste e enegrecendo na viagem, tudo ajudava.

Mas amiga Tété falara com tanto jeito... Sua experiência de mulher do povo, vivendo na vida do musseque de Luanda, sempre sofrendo, lhe dera essa maneira de ver todas as coisas sem nunca desistir. Senão, também, menina, como íamos viver então? Tantos filhos, uns a desaparecer, outros a lhes enterrar, Cardoso já velho e dois meninos para crescer ainda? Era preciso coragem e com certeza Domingos, se não estava no Posto, estava na esquadra. Porque então, menina, se não estava na esquadra e não estava no Posto, então é que era pior. Só mesmo naquela polícia nova, essa que não tem farda, vem de madrugada com o jipe e leva só. Tem até alguns irmãos pertencem lá! Mas cada vez Domingos estava na esquadra; prisão de Administração no mato, quando lhe trazem em Luanda é na esquadra. E como assim miúdo Joãozito tinha ficado em casa no fim do almoço, lhe obrigaram a vestir quedes para acompanhar Maria na Baixa.

Por isso Maria, naquela hora da tarde, desceu com o menino até perto daquelas acácias, na estrada de alcatrão, para adiantar apanhar o maximbombo. Aí o menino esperto da cidade foi pondo conversas com Maria, falando como era este maximbombo e ele mesmo quem ficou com as moedas para pagar, o que ele mais gostava. E enquanto o velho maximbombo não aparecia e Joãozinho falava, falava, Maria foi olhando o mar, lá embaixo, na Baía, os grandes barcos escuros parados, as águas virando de azul bonito para cinzento. O vento tinha parado novamente, e o calor já não era tão pesado. O sol desaparecera tapado na camada de nuvens que agora voavam em cima de toda a cidade, negras e ameaçadoras. O povo via, inquieto, a formação daquelas nuvens cheias de raios, falando os trovões muito depois, ainda surdamente, nos lados do Kakuaku.

Maria pensava a chuva, estava cheirar a chuva que vinha, e os grandes campos do planalto apareciam nos seus olhos, embaixo duma cortina de água alagando tudo, mas depois verdejava o capim, o milho, o massango, a massambala. Não sabia como era a chuva nesta cidade e nem podia pensar ainda a água ia molhar naquele alcatrão. Na sua imaginação, ali, em Luanda, a chuva só ia cair no mar ou nas ruas dos musseques, não podia mesmo cair no sítio ocupado por essas casas bonitas dos brancos, com seus grandes jardins.

E pensando assim, no maximbombo já, esquecia por momentos Domingos Xavier, e miúdo João, ali no lado dela, muito direito e quieto, segurando os dois bilhetes na mão, nem parecia aquele menino de musseque. Maria se deixava invadir pela chegada da chuva, pensava morar na casa de telha não prestava, quanto tem chuva a gente não sente aquele barulho começar devagarinho, parece é música, os pingos no zinco, depois a crescer lentamente e no fim a chuva a bater forte nas chapas do telhado com sua música de fazer dormir. Uma vez, lá no estaleiro, quando fez serviço em casa de um sô engenheiro, tinha chovido muito e Maria não deu conta. Só na hora da saída é que viu tudo estava molhado. Sentiu uma pena muito grande, gostava mesmo vir na porta, abrir a boca e deixar encher de chuva, como se fosse ainda menina.

Ao chegarem na Mutamba, Joãozinho lhe agarrou na mão e assim seguiram nas ruas cheias de carros e gente, tanta gente que fazia Maria abrir a boca. Ená, Luanda então é assim? Auá!, nem a gente toda que está trabalhar lá na barragem ia encher essas ruas. O menino fala ali é o Largo da Mutamba, mas não pode. Verdade que era ainda monandengue, mas lembrava bem esses tempos com as suas amigas da Ingombota, desciam até nos Coqueiros. Onde que estava o jardim com a estátua sem pessoa? E as grandes mulembas? Não, menino, desculpa ainda, mas Largo da Mutamba não é este. Pode ser vocês chamam Largo da Mutamba, mas, desculpa só, Mutamba fica no outro sítio. Joãozinho refilava, conhecedor, mas Maria não queria se convencer. Só achou conhecido aquele prédio da esquadra, aquelas árvores, ficou olhar, mas um polícia interrompeu logo:

— O que é que vocês querem?

— Vim saber o meu homem está preso aqui.

— Quem é o teu homem?

Nzuá olhava com muita atenção no polícia, lhe mirava no coldre onde adivinhava a pistola. Maria explicava para o guarda de piquete quem era, o que fazia, donde vinha o seu homem. Por fim, o polícia mandou-lhe calar e sentar no banco com Joãozinho, e esperar.

Sentados no banco, ouviam lá fora o vento a zunir forte nos ramos das árvores e a varrer as ruas. Gente caminhava com depressa, adivinhando a chuvada que corria nas nuvens negras malucas no céu. Os trovões e relâmpagos eram demais e alguns já estalavam mesmo em cima da cidade. Os musseques deviam estar já debaixo da trovoada. Maria ouvia e procurava ver tudo quanto passava na rua, a gente a correr, o vento a aumentar a sua corrida, na zuna, nas ruas asfaltadas.

O polícia voltou acompanhado dum amanuense e este foi que falou:

— Olha lá, rapariga! Não está cá ninguém com esse nome. Mas, se é da barragem, os presos de lá foram para a outra polícia. Sabes?

Maria disse que não, quem que lhe mandou foi sô secretário do Posto, tinha falado o seu homem estava ali, muitas vezes não tinham procurado bem. O polícia riu e continuou:

— Não está, rapariga. Para que é que a gente ia mentir? Amanhã de manhã vais lá acima, à Cidade Alta... Não, o melhor é ires à cadeia. Sabes onde é o Posto dos musseques, não sabes?

Com muito cuidado o polícia explicou a Maria onde devia ir procurar Domingos Xavier e depois, quando esta, desanimada, lhe disse que sim, acrescentou:

— Bem! Agora já podem ir embora...

Na rua chovia já. Pingos grossos e quentes caíam devagar, sentinelas avançadas das grandes águas que passeavam em cima da cidade. Por um momento os trovões e os relâmpagos pararam. Maria e Joãozinho avançavam com depressa, mesmo com o vento manso um pouco na sua fúria. As ruas estavam quase desertas, as pessoas esperavam dentro das casas que a chuva prometida caísse.

E foi quando estavam já perto da paragem do maximbombo que saiu no céu negro aquela faísca que iluminou, na tarde, em toda a cidade escurecida, desenhando-lhe contornos brancos de cazumbi, e um trovão gigantesco ribombou fazendo tremecer todos os vidros. Foi o sinal. A chuva em grandes pingos rápidos começou cair cortinas grossas e nada que se distinguia, mesmo a um metro. Num de repente ruas asfaltadas viraram caudalosos rios e pouco tempo que passou as águas começavam a virar vermelhas, sinal que a areia solta nos musseques vinha por aí abaixo nas enxurradas. Maria e Nzuá fugiram nas arcadas da casa grande, junto do Largo, e aí é que assistiram a grande chuva em cima da cidade. Ená, como era então? Maria assistia, admirada, via a cidade toda coberta de água, chovia parecia era nas anharas do planalto e nem havia areia para beber a água. Ali só os carros passavam, a água corria barulhenta embaixo dos pneus. Chuva, raios que brilhavam toda a tarde cinzenta, trovões estremecendo vidros e os corações do povo lá em cima, metido em suas casas de barro e canas, cobertas a zinco, assistindo o barro a se desfazer, a água caía a jorros das chapas levantadas, as paredes ameaçavam cair em cima dos moradores encolhidos de medo, molhados, nos cantos. A água vermelha das ruas invadia tudo e as faíscas brilhavam nas chapas novas ou rasgavam mesmo grossos troncos das mulembas. Depois, quando a chuva parecia ir querer parar e as ruas pareciam eram rios correndo furiosos, saiu um vento forte que berridou as águas mas destapou cubatas, arrancou árvores e ramos e arrastou meninos que já brincavam com seus barcos de luandos nas cacimbas de águas barrentas. Com essas brincadeiras nas águas das chuvas, pensava Joãozinho esperando o fim da carga d'água, lá na arcada da grande casa no Largo da Mutamba. Sonhava seus barcos de luandos com pena de pato servindo de vela, casas de areia, bolos de areia para as meninas donas de casa e outras brincadeiras.

Choveu vinte minutos só. Depois parou de repente, como tinha começado. Nuvens negras, com o vento a chicotear, corriam malucas no céu, nalguns sítios já todo azul lavado. O mar da Baía tinha largas manchas vermelhas das águas das enxurradas dos musseques. Na Baixa algumas ruas ficaram bloqueadas, noutras a areia foi tanta que enterrou os automóveis mesmo.

Na manhã seguinte, os jornais trouxeram grandes descrições da chuvada e fotografias dos estragos, mostrando ruas com buracos, árvores arrancadas, automóveis inutilizados, areia pedindo tratores. Do menino afogado na lagoa da Pameli ou da faísca que matou na criança refugiada embaixo da mulemba, ou das muitas cubatas que tinham caído nos musseques deixando seus moradores sem abrigo, ou sepultados em vida, nenhum jornal falou. Apenas o povo desses musseques soube e lamentou e chorou. Mas, nos dias seguintes, amigos e conhecidos iam levantar essas casas, essas cubatas outra vez, iam trazer materiais para reconstruir, iam fazer empréstimos para enterrar os meninos mortos e continuariam teimosamente a viver.

7

Lá de cima do morro, o Kwanza parecia rio de chuva feito nas águas dos musseques. E as mulheres do povo que lavavam, lá embaixo, nas rochas, faziam ouvir suas falas, seus risos, trazidos no vento até no sítio onde Miguel dominava a paisagem do estaleiro. Do outro lado do morro, no leito seco, salalé humano erguia pilares de ferro e cimento contra a força das águas velhas, gruas metálicas lançavam suas garras pelo espaço.

Miguel ficou ainda um tempo olhando os trabalhos e os vultos dos operários, o fumo das máquinas, sentindo o roncar dos caminhões espalhando a pedra saída nas galerias que tratores esventravam no morro. Depois, sempre na direção do rio, começou descer no estreito caminho aberto pelos pés das mulheres.

Tinha chegado nessa manhã, com sua sorte apanhara uma borla no Araújo, amigo que guiava caminhão da batata, de viagens longe até no planalto do Huambo. Tinham saído em Luanda nessa madrugada, viagem boa, sem enterranços, com bom matabicho-de-garfo no Nzenza. De lá, até no Dondo, uma desgraça a estrada. Mas, dez horas quase, despediu com Araújo e, desejando boa viagem, desceu no cruzamento, em frente da sanzala, acampamento dos operários negros da barragem. Era um dia bonito, muito sol, na hora que, pelo capim, dirigiu-se nas cubatas.

* * *

Naquela tarde que Xico lhe avisara do preso, Miguel acabou de comer o peixe com jindungo, deixou o amigo nas conversas com Bebiana, na praia, e se meteu a caminho. Era longe, da Samba até no Bairro Operário, mas a distância não lhe assustava, habituado às longas caminhadas, cruzando musseques e musseques. Temia, sim, cipaios e tropas, não tinha cartão, não tinha imposto, não tinha bilhete de identidade, nunca que quisera ter. Mas já estava muito habituado a evitar-lhes, conhecia todos caminhos e desvios para chegar na casa de Mussunda, muitas vezes que fizera aquela caminhada. De dia, de tarde, de noite, assobiava só, na entrada do estreito caminho entre duas cubatas que lhe levava no quintal do alfaiate.

A casa era uma construção pequena, de pau a pique, pintada de cor-de-rosa, rodapé preto daquela tinta que não presta e suja quem se encosta nela. A sala central, que dava saída no quintal por onde Miguel tinha entrado, era a oficina. Aí, dois aprendizes alinhavavam ou tiravam alinhavos, desmanchavam bainhas, faziam pequenos trabalhos sem responsabilidade. Trabalho de corte, nome de alfaiate, só mesmo o marreco ou, quando ele não estava, João Rosa, seu discípulo de muito tempo.

Mussunda vivia só, muito tempo já que ninguém lhe conhecia com mulher, desde o óbito da falecida. Boa companheira como aquela, nunca!, costumava dizer. Também, para dormir com marreco, mesmo quando a cabeça dele é mais direita que muita gente, custa a se encontrar. Sua fama de alfaiate corria musseques, farristas do Rangel, do Prenda, da Boavista mesmo, vinham encomendar suas calças de suinguistas, de dezoito na bainha. Com o tempo, João Rosa começou também cortar e acabar trabalho, mas falando sempre nos fregueses o corte era de sô Mussunda. Assim o mestre ficava com mais tempo para as conversas que gostava, com meio litro e gasosa, na hora que os amigos apareciam.

Batendo na porta que dava no quintal, Miguel sentiu dentro vozes baixas e, depois, o amigo marreco perguntar firme:

— Quem é?

— Eu mesmo. Miguel.

A porta se abriu e Mussunda abraçou no amigo que não via já há algum tempo. Enquanto falava, agarrava Miguel no braço e levava-lhe na oficina agora transformada em escritório em cima da tampa da máquina de costura. Tinha livros e cadernos espalhados, e dois rapazes olharam o amigo do alfaiate na hora que ele entrou. Mussunda avançou nos rapazes, disse:

— Um amigo! Dois manos, estudantes!

Os estudantes arrumaram seus livros e cadernos e, cada um cada vez, saíram acompanhados por Mussunda até na porta, falando em voz baixa. Miguel, sentado, olhou a sala sua bem conhecida de tantas conversas. O alfaiate puxou uma cadeira para junto dele e, com seu sorriso de sempre, perguntou saber:

— Então, mano, o que passa?

— Triste notícia, amigo Mussunda. Má notícia...

No silêncio da sala, sozinhos, Miguel transmitiu ao alfaiate as informações trazidas por Xico, se esforçando por falar tal e qual os pormenores que o amigo contara. O preso era homem alto e magro, muito magro mesmo, novo ainda e tinha chegado de manhã numa carrinha azul guiada por um aspirante. A carrinha estava cheia de poeira.

Enquanto Miguel falava e fazia o retrato do homem, Mussunda ficou na sua posição habitual, cabeça deitada de lado em cima dos braços, na tampa da máquina, levantando para o teto sua marreca. Ficou assim algum tempo, com Miguel calado, e disse depois:

— Miguel. Você vai ter paciência, mas... Tem mesmo de ir fazer um serviço. Não temos mais ninguém agora...

Miguel sentiu um arrepio mas procurou dominar. O alfaiate olhava-lhe com seus olhos pequenos e vivos. Já tinha entrado em muitos serviços, alguns mesmo perigosos, mas nunca era sem medo que recebia novas instruções. O medo só lhe largava no fim da missão acabada, porque durante todo o tempo os nervos ficavam esticados, lhe davam aquela calma que admirava os companheiros.

A voz do alfaiate ia explicando, com pormenores, o que tinha de fazer, falando nos riscos, avisando que a pessoa que ia procurar andava muito vigiada. E, quando acabou, ordenou-lhe que repetisse. Miguel falou devagar, disse tudo sem enganar nem esquecer nada, e Mussunda respirou aliviado. Se levantou e foi na prateleira, tirou dois copos e uma garrafa atrás de umas peças de gabardina. Era quitoto do bom, pouco açucarado, algum amigo que trouxera por agradecimento. Enquanto bebiam, conversaram dos amigos presos, da importância que os meninos estudantes estavam a dar para o movimento, dos problemas do clube, difícil mesmo de aguentar com tantas prisões que lhe desfalcaram. E depois, quando Miguel estava para sair, Mussunda ainda falou:

— Ená! Já esquecia de te avisar. Vem logo que sabe qualquer coisa, Miguel. Sábado à noite tem uma farra. Sai bom conjunto, talvez é mesmo o Ngola, desfalcado, mas vem. Aí vamos ter também umas conversas. É por isso você é preciso...

Miguel ficou satisfeito. Era quinta-feira, para sábado dois dias. Saiu na casa do amigo alfaiate, já meia-noite quase, com recado para procurar Araújo, que ia partir nessa madrugada.

— É isso, Miguel. Tenho a certeza, o irmão saiu lá na obra. Mas magro e alto... não sei. Se fosse magro e baixinho dizia era o Sousinha. Assim, você vai, fala na pessoa, volta com a resposta.

Sentiu a mão forte do marreco no ombro, os olhos pequenos espreitando nos seus. Impossível dizer não a Mussunda alfaiate. Homem como ele, difícil de encontrar. No caminho da casa do Araújo, Miguel lembra os irmãos que tem conhecido. E não tem dúvida: Mussunda é um bom.

* * *

Ao avistarem Miguel, duas mulheres que tomavam banho correram nos seus panos, com largas risadas que continuavam ainda quando o rapaz chegou junto delas. O Kwanza corria muito depressa do lado de lá da rocha grande, mas um pequeno braço de rio formava uma cacimba por cima das pedras e aí, à volta, as mulheres lavavam a roupa.

Miguel aproximou com devagar, olhando com atenção e procurando adivinhar a pessoa que queria. Todas as moças olhavam dissimuladamente para o rapaz e trocavam comentários em voz baixa. Não devia ser dali, naquela hora todos os homens estavam no trabalho, só mesmo os dos turnos da noite, mas esses tinham ficado na sanzala para descansar. O moço se chegou mais perto, por cima das pequenas poças de água, e perguntou, depois de cumprimentar:

— Gostava de falar com a senhora Josefa João.

O grupo de mulheres, mesmo junto a ele, riu alto e uma delas gritou para o lado de lá da pequena lagoa:

— Sá Zefa, sá Zeféééé!? Vem ainda! Tão te procurar!

Uma mulher baixa e magra se endireitou do serviço que estava fazer, largou os panos na água e, com a cara fechada, veio devagar para Miguel. Vendo o aspecto decidido, Miguel falou com cautela:

— Bom dia, senhora. Eu sei a senhora não me conhece. Peço desculpa. Mas eu queria ainda falar no filho da senhora. Tem um recado para ele...

— Aiuê, rapaz! Aiuê! Azar, mano! Ninguém que sabe dele mais no trabalho. Pergunta mesmo toda gente. Ninguém lhe viu desde aquele dia, ninguém mesmo. Aiuê, meu filho! Se soubesse te dizia mesmo. Olha, então! Meu coração me diz só ele está vivo...

Os olhos de Miguel investigavam na cara da mulher, muito expressiva, seu olhar pesaroso, seus gestos. Estava habituado a falar com mulheres de irmãos, mulheres do povo, mas nas mães era sempre difícil saber qualquer coisa. Não desistiu de lhe olhar nos olhos e percebeu, no meio das palavras, que ela sabia mais que parecia. Quando falou que o seu coração dizia estar vivo, Miguel compreendeu e não quis insistir mais. Trabalho dele, agora, era descobrir o filho de sá Zefa João. Mussunda tinha já previsto isso, lhe dissera mesmo se calhar o rapaz tinha fugido, se não era ele o preso, mas que lhe procurasse bem. Se todo o dia não lhe desse encontro, é que devia então falar na outra pessoa. Por isso desviou as conversas:

— Mas, senhora, olha só uma coisa. 'tou vir de Luanda, viajei de noite, o recado é importante para ele. Um amigo dele arranjou emprego numa oficina, lá em Luanda...

Sá Zefa escutava de cabeça baixa. Esse menino não era matumbo, não tinha acreditado tudo, se via logo. Mas como ia lhe informar então? Cada vez era um dos bons, quem sabe. Só que desde aquela noite que prenderam no mano Domingos, nunca mais que vira o filho. Recordava só as palavras dele, Sousinha, lhe avisando:

— A ninguém, mamã. Não fala a ninguém.

O rapaz insistia com as suas conversas de emprego, até era bom se ia ser mesmo verdade, trabalhar em Luanda. Mas não podia dizer nada. Por isso lhe virou as costas:

— Sabe, senhor!? Tenho ainda roupa pra lavar...

E voltou no sítio onde deixara os panos na água. Miguel foi atrás dela, mãos nos bolsos, falando calmo, insistindo na conversa do emprego, metendo pormenores, querendo convencer na mulher. Mas nada. Se dobrou em cima dos panos e continuou esfregar.

O sol descia rápido no céu em cima do rio. Em breve iam ser horas de voltar na sanzala, cozinhar almoço para os homens que iam sair no trabalho. Algumas mulheres já tinham começado arrumar suas imbambas; outras, mais apressadas, iam caminho acima, comentando aquele moço a falar na sá Zefa, já velha assim. Miguel já estivera nessas situações muitas vezes e nunca desistia facilmente. Foi perguntando como passava Sousinha, quando lhe viram a última vez, e sá Zefa, mais confiada, tendo arrumado a roupa lavada numa pequena bacia, perguntou:

— Quer vir, mano? Posso lhe arranjar mesmo almoço. Se é amigo do meu filho Sousa, pode ficar mesmo para almoçar. Mas onde está, olha, não sei, não, mano.

Miguel, sempre a falar assuntos sem importância, meteu então:

— Sabe, senhora! Ouvi que tinham prendido num rapaz...

— Ai, mano! Verdade mesmo. Meu vizinho. Pobre! De noite, veio a carrinha, e pronto! Bom homem mesmo esse sô Domingos.

— Como é nome dele?

— Domingos. Domingos Xavier. Era mesmo tratorista lá embaixo. Conhece?

— Não, mamã, não lhe conheço.

E, subindo o estreito caminho da sanzala, Miguel foi obtendo de sá Zefa pormenores da prisão, do preso, e na sua cabeça alguma coisa começa a tomar feitio.

Sorri, agradece muito o convite de almoçar, diz para mãe de Sousa, subindo a seu lado:

— Ai, senhora! Nossa vida está mal mesmo. Mas qualquer dia tudo vai ser bom. Tenho a certeza. E então, mamã, vai ver mesmo o seu filho...

Sá Zefa ri a primeira vez, uma gargalhada livre, porque está pensar esse rapaz é malandro, vai acabar por saber onde está Sousinha. Hum, esses meninos de agora não são matumbos, não. Poça, precisa cuidado! Começam a falar as coisas sem importância e daí, pronto já!, a pessoa começa a falar tudo que eles querem. Só que o que ele queria saber ela também queria. Por isso ri, satisfeita e confiante.

8

Quando o trovão rasgou o céu da cidade e a grande chuva começou cair, Domingos Xavier acordou assustado. Deitado de barriga, sentindo tudo molhado, gemeu com as dores que lhe percorriam no corpo, tentou apalpar com os dedos grossos os lábios inchados. A dor foi tão grande que sentiu a cabeça cair e bater contra o chão molhado. Lá fora a chuva caía em bátegas fortes em cima do musseque e na terra vermelha se levantava aquele cheiro bom que lhe refrescava nos pulmões. Depois, o bater sereno da chuva no quintal mergulhou-lhe novamente na sonolência, sentia os rios de água crescerem debaixo do seu corpo, por toda a cela, correrem por todo o musseque, se transformando em largas e fortes águas no caminho do grande rio, lá embaixo, lá mais para baixo...

Lá embaixo o Kwanza rugia, zangado, adivinhando a boca de betão que esperava para lhe engolir, obrigando-lhe a furar o morro num caminho de poucas centenas de metros, substituindo o leito milenário que tinha cavado, por suas águas, na rocha dura ou nas areias quentes. As águas falavam suas fúrias, agora impotentes, recordando os rápidos para lá do muro, secos no sol, criando musgos nas poças de água parada, finalmente quieta. O cotovelo onde o Kwanza se atirava nos últimos gritos das suas águas, correndo indomáveis entre rochas desde o planalto onde nascia, morrera. Secava agora, no sol, suas paredes de granito. E lá em cima, nos morros, casas de alumínio e de cimento, barracões e escritórios, centrais elétricas de potentes díseis fumegantes, escarneciam ferozes do colosso desviado. Para lá da saída do túnel de derivação, as águas se suicidavam, subindo muitos metros no ar e deixando-se depois abater lá embaixo, nas pedras, nos muros de defesa que os tratores construíam em suas margens. Mas logo-logo, entre árvores e capim, ribeiros que ele conhecia tão bem, pequenos fios de água enterneciam de novo o velho colosso: vinha a recordação de caminhos percorridos na longa marcha, do verde planalto do Huambo, dos amigos recebidos no seu leito, e a sua fala se adocicava, o rugir desaparecia, ronronava só, em frente do Dondo, um sorriso se alargava já na sua cara, mais para baixo, para a Muxima, caminho do mar.

Desfilavam, diante dos olhos cansados e inchados de Domingos Xavier, as mulheres descendo o caminho que seus pés tinham feito no capim, para baixo, para as pedras onde lavavam roupa. Aí, o ruído das máquinas trabalhando ou as detonações dos tiros nas pedreiras chegavam abafados. O vento dali só levava nos morros gargalhadas, falas e gritos das mulheres da sanzala no seu serviço de lavar. E o Kwanza ia para baixo, rugindo, arremetendo contra o paredão que lhe esperava...

A chuva caía violenta no quintal, ensopava a areia vermelha dos canteiros e invadia mesmo a cela, colando-lhe a roupa no corpo dorido. Sempre na mesma posição, Domingos Xavier acabou por adormecer sonhando com o Kwanza e outros rios. E foi a voz dura, carregada de ódio, do agente bexigoso que lhe acordou. A voz e os pontapés do cipaio. Fez um esforço, que lhe contraiu os músculos todos e obrigou a gemer, tentando se levantar. O cipaio ajudou-lhe mas a voz dura soou novamente nos ouvidos:

— Vamos embora com esse gajo!

Domingos Xavier se apoiou na parede da cela. Sentia o corpo frio, o sangue a correr agora muito depressa nas veias, o formigueiro nos pés e nas mãos a querer desinchar. Mas a camisa se colava nas feridas que o cavalmarinho tinha riscado nas costas e os lábios, rebentados pelo copo, inchavam na cara toda de tal maneira que ainda o piscar dos olhos tornava-se doloroso. Mirou, por entre as pálpebras fechadas e ramelosas, o agente. Depois, devagar, arrastando seus pés e encostando na parede do corredor, avançou com o cipaio atrás sempre a empurrar.

Cá fora era noite. Um vento fresco de depois da chuva corria em cima da cidade, saía no mar. Árvores lavadas faziam chegar seu xaxualho até lá dentro dos muros altos, no céu negro as estrelas eram pequenas lâmpadas de azeite-palma numa grande sanzala. A lua, um pequeno disco branco só. O vento trazia vozes de gentes, crianças brincando, moças rindo. Tudo era calmo dentro da noite. E muito clandestinamente, por cima dos altos muros, esse sentir de paz se metia no coração dos presos, alguns deitados já, outros teimosamente espreitando na rede de aço aquela vida lá fora, vida que lhes enchia de esperança ou de triste melancolia.

Domingos Xavier foi levado pelo cipaio na sala onde passara o segundo interrogatório. Tudo estava na mesma. Só os copos e os vidros tinham desaparecido, davam lugar a um candeeiro de pé colocado num canto. A folha de papel azul, metida na máquina, esperava. Quando o cipaio saiu e ficou só, o tratorista sentiu as dores provocadas pela fome e se lembrou, só tinha comido um pão e bebera o café do matabicho. Ouvia, lá fora, as vozes do agente e do chefe falando e rindo qualquer coisa que não percebia. Depois alguém gritou uma ordem e os passos do cipaio se sentiram no quintal, na direção da cadeia do Posto, do outro lado dos muros altos. E aí, inesperadamente, a porta se abriu e o chefe entrou, cumprimentando irônico. Os seus olhos pareciam ainda mais pequenos atrás dos óculos, a sua figura raquítica mais encolhida, virava o ar sinistro que ele queria.

— Ora, então, boa noite! Cá estamos nós outra vez. Como vai isso, rapazinho?

O tratorista cerrou os lábios, pensou o que ia suceder. Por detrás dele, o agente bexigoso puxou-lhe as orelhas com força e depois, largando-lhe, bateu com o punho fechado na base do pescoço. Domingos viu tudo a girar à volta, a cara fina do chefe girar na bola de fogo do candeeiro. Cambaleou mas o agente veio e endireitou-lhe na cadeira sorrindo, pedindo desculpa. O chefe, agora sentado na secretária, limpava calmamente os óculos, perguntava já:

— Então, rapaz! É hoje que vais falar, hein? Não gosto de gajos teimosos...

Domingos Xavier não respondeu. Sentiu, percebia nos gestos de gato do chefe, no ar bruto e decidido do agente, que nada podia lhe salvar. Eles estavam ali dispostos a tudo para lhe fazer falar. Jurou para si mesmo que não ia falar. Nem que lhe matassem. Aquele corpo todo dorido, todo ferido, já não lhe pertencia. O que era dele, o que ele guardava, isso eles nunca iam saber. Jurava, cerrava os lábios feridos, contraindo-se nas dores provocadas pelos cortes inchados.

— Então, não sabes quem é o branco?

— Não sei!

— Não sabes onde está o Bernardo de Sousa?

Domingos continuou a não responder. O agente voltou outra vez para trás dele e calmamente, enquanto o chefe substituía a lâmpada no candeeiro, amarrou-lhe os pés e as mãos na cadeira. E enquanto apertava as cordas ia falando baixinho, nos ouvidos do preso:

— Nós bem te avisamos. Não querem acreditar, negros. Agora é pior. Aqui, se não falas a bem, falas a mal. E sabes? Podemos passar a noite toda nisto, dormimos todo o dia...

O tratorista sentiu a dor duma agulha cravada na nádega e com o grito fez rir o agente.

— Era apenas uma brincadeira! O tipo ainda reage!

O chefe veio então e colocou-lhe o refletor nos olhos. A luz do teto apagou-se e Domingos Xavier sentiu, de repente, parecia uma brasa em toda a cara, queimando-lhe nos olhos, que ele não queria manter abertos. Tudo virava vermelho diante de si. O agente obrigava-lhe a cara na direção do refletor, esbofeteando-lhe. Foi então que o chefe, pisando-lhe nos dedos dos pés inchados com os seus sapatos de sola grossa, começou a perguntar:

— Sabes quem é o branco?

As outras perguntas se seguiram, umas iam e vinham, outras desapareciam às vezes, mas esta era insistentemente repetida. A luz na cara, os olhos fechados, sentia os ouvidos sangrar das bofetadas, os dedos dos pés esmagados pelos sapatos pesados. Domingos resistia. O agente, enfurecido, passou de repente das bofetadas regulares para os murros e pontapés sem direção e enquanto batia se ia excitando, respirava forte como pacaça ferida. O chefe tinha se sentado numa cadeira diante dele e implacavelmente continuava esborrachar-lhe os dedos, perguntando:

— Quem é o branco? Diz!

Mas o som da própria voz, o silêncio de Domingos e o resfolegar do agente atrás da cadeira começavam a irritar-lhe. Sentia o sangue aquecer, o seu ódio pedia mais. A voz subia, a pergunta saía mais repetida e na hora que Domingos Xavier, abrindo os lábios inchados, pôde falar, cuspindo sangue em todas as direções:

— Não digo nada!

O vulto pequeno e magro do chefe de brigada se ergueu, o projetor foi afastado com força e Domingos Xavier sentiu, enquanto pôde, os socos, os pontapés, atingir-lhe na cara, no peito, nos rins, furiosamente, enquanto a cadeira rolava pelo chão com ele amarrado. O chefe pulara para cima dele, sobre o peito, berrava:

— Filho da puta de negro! Não sabes, não dizes? Eu rebento-te, vamos a ver se dizes ou não? Pereira da Cunha, porra! O que é que está a olhar? Porrada nesse gajo, até ele falar.

O agente até estava espantado com a ferocidade do chefe. Saltou para Domingos Xavier e ergueu-lhe como um fardo. Esbofeteou-lhe até a cabeça ficar sem força, o tratorista já nem sentia o peso das pancadas do agente, sistemáticas, violentas, era no fígado, era no estômago, nos rins, pontapés na cara, nas costas, nos joelhos. Ouvia, chegava de muito longe, a voz do chefe berrando atrás da grande luz do refletor:

— Hás de dizer, cão! Hás de dizer! Senão mato-te!

Domingos sorriu dentro de si. Pensou sim, que era verdade, ia morrer. Iam matar-lhe. Já estava morto mesmo, as pernas partidas nos joelhos eram a única dor que ainda lhe incomodava. Sorriu, sorriu enquanto o sangue saía na boca, no nariz, nos ouvidos, ensopava a camisa rota, o corpo, o chão, salpicava o agente, as paredes, tudo. E era bom sentir-lhe correr assim, livremente, se sentir vazio e leve. A alegria grande por não ter falado saía nas lágrimas salgadas, no mijo, não podia deter-lhe, correu pelas pernas abaixo e espalhou o seu cheiro acre e quente em toda a sala.

Lá fora tinha estrelas sobre a paisagem quente, um vento fresco corria por cima da noite e trazia a mensagem da vida para dentro dos muros. Domingos Xavier não ia trair essa vida. Pensou ainda, se sentindo muito longe, boiando nas águas verdes do rio que lhe vira nascer e que corria levando-lhe no mar. As pernas boiavam partidas, os braços caíam livremente e a água corria dos seus olhos, rio abaixo. E já nem se sentiu afundar em cima dos outros corpos adormecidos, depois de o cipaio ter lhe arrastado pelo quintal fora, deixando-lhe um rastro de sangue que, no dia seguinte, outro cipaio ia lavar antes que o primeiro preso saísse no recreio.

* * *

O corpo torturado do tratorista caíra em cima dos presos já adormecidos àquela hora da noite. Era princípio da madrugada, com o silêncio vencendo todos os ruídos, e o ranger da grande porta acordou-lhes para ficarem, de olhos abertos, querendo adivinhar no escuro quem tinha sido trazido para ali. Ouviram o cipaio dar voltas à grande fechadura, correr a tranca, se afastar em seguida, conversando em voz baixa com alguém.

Uma lua grande brilhava no céu sem nuvens, cheio de estrelas, e a luz branca entrava pela janela banhando os corpos estendidos no chão. Eram muitos, sem cama, dormindo aos montes no cimento ou embrulhados em trapos e velhos cobertores. Criados trazidos nos patrões, homens desempregados apanhados sem cartão assinado, bêbados agarrados na porta de tabernas sempre abertas, pequenos larápios, desordeiros, unidos no mesmo destino, de porrada e trabalho na estrada. A entrada de mais um preso era sempre acolhida com indiferença, alguém resmungava qualquer coisa, mas ninguém se preocupava. Só de manhã se ia ver quem era o infeliz, antes da hora de sair nos trabalhos forçados.

Mas logo que os passos dos cipaios deixaram de se ouvir e o silêncio saiu novamente, os presos, acordados pelo cair do corpo em cima deles, se levantaram admirados daquele patrício que nem se mexia.

— Xê! vira para lá! Procura teu lugar de ficar!

Um homem virou Domingos Xavier de costas e, na pálida luz do luar, a cara inchada do tratorista apareceu entre os farrapos da camisa suja de sangue. Um vento de frio correu no meio dos presos. Era terrível aquela cara, quase sem feições, sangrenta, mas um sorriso teimoso nos lábios. O mais miúdo se abaixou e, tirando um lenço, começou limpar com todo o cuidado o sangue na cara de Domingos Xavier. O homem alto e forte deitou-lhe, depois, com muito jeito, no chão, enquanto um velho, ainda cheirando a vinho, começava choramingar. Alguém que tinha um cobertor abriu-lhe em cima do tratorista e cobriu com ele o corpo magro e torturado. O miúdo baixo e forte continuou limpar a cara sangrenta com cuspe que punha nas pontas do lenço. Uma expressão de muita tranquilidade se sentou na cara endurecida e inchada do tratorista. A respiração era muito fraca, mal mexia a camisa, e o miúdo, cada vez que ele respirava, limpava o pequeno fio de sangue que estava sair no canto da boca. Domingos Xavier, olhos fechados, não gemia sequer. Se sentia a vida esvaziar naquele corpo martirizado.

De todos os cantos da prisão chegaram vultos que se sentaram, silenciosos, à volta do irmão a morrer. Um moço tirou seu velho casaco de fardo e cobriu com ele o peito pisado e rebentado do tratorista. Só a cara estava agora descoberta, banhada na luz da lua entrando na janela. O velho bêbado continuou a choramingar no seu canto. A lua espreitava nas frinchas, nas janelas altas, e veio cobrir na cara serena e tranquila de Domingos Xavier. O sangue foi correndo, noite fora, cada vez com mais devagar, respiração cada vez mais fraca, a cara esmagada virando naquela cor esbranquiçada da morte. O moço que estava espreitar atrás de várias cabeças arriscou mesmo baixinho:

— Aiuê! Parece é, tá dormir ainda...

Verdade mesmo, Domingos Xavier dormia para os seus irmãos, feliz em sua morte, de madrugada, com a luz da lua da sua terra a sair embora para contar depois, todas as noites, a história de Domingos Xavier. No seu canto, um rapaz da Funda começou cantar muito triste:

Uexile kamba diami
Una uolobita
Uafu
Mukonda kajímbuidiê

[Era meu amigo
aquele que vai a passar
Morreu
porque não quis falar]

E o coro que se seguiu saltou nas paredes da cadeia e, veloz com o vento fresco da madrugada, encheu toda a noite branca do musseque. E nem todos os chicotes de todos os cipaios metidos na prisão conseguiram de calar os presos antes de nascer o dia.

9

O fim de tarde naquele sábado foi assinalado por um caso que, muito repetido, ia se tornando banal para os moradores daquele musseque à volta da prisão do Posto e da outra, de muros altos, da polícia nova. Não era a primeira nem a segunda vez que uma mulher, ou outra pessoa, saía chorando alto ou em silêncio a sua dor. E, sem mais uma explicação, a grande porta de chapa se fechava na cara do infeliz, que saía gritando sua dor ou sua raiva pelos musseques.

Depois da hora que tinha chegado aquele preso na manhã, homem alto e magro, vavô Petelo recomendara no neto:

— Menino, veja lá! Você brincas sempre perto da prisão, precisamos saber o que passa.

E todos os dias de manhã recomendava para miúdo Zito sua tarefa. O menino saía com sua fisga no pescoço e, com a outra miudagem, ficava brincar por ali, de cobóis e bandidos ou em renhidos de fios de bola de meia. Às vezes se afastavam mesmo um pouco, e por momentos, na sombra das árvores da grande rua sem asfalto, ficavam iludidos jogando o "curte meu", cada qual querendo para si, primeiro que os outros, os carros que passavam. Mas era no jogo da bilha que, toda a tarde, na sombra do cajueiro, o tempo passava. E na pancada que saía, por causa os batoteiros lhes punham na "caga" e não aceitavam, fugiam. Zito era mestre na bilha e difícil escapar na sua "matança".

Assim estavam jogar, naquela tarde de sábado quieto, quando no musseque o silêncio ficou maior. Muita gente que não ia trabalhar de tarde, uns descansam, outros se metem nas quitandas, falando ainda a vida e seus problemas, em voz baixa. Como o vinho tem muita água misturada, só muito tarde, mais noite, alguns começarão a levantar e não falar direito. Mães amigas engomam calças para seus filhos, pois sábado é dia de farra. E embora os tempos sombrios chicoteiam os musseques, sai sempre farra em qualquer sítio, pretexto qualquer serve, a vida é sempre superior à morte.

Miúdo Zito, vigiado por Zequinha e Kamabuindo, rebocava, nas calmas, a bilha de Toneto para a "caga". Azar, porque o rapaz tinha já três palmos, ia mesmo fazer "matança" e já estava pertinho da primeira buraca. Mas Zito era impiedoso. Media, com rigor, seus três palmos, esticava bem o dedo médio e zás! Sem descanso ia levando o burgau redondinho até na azarenta buraca. Nesta hora mesmo uma mulher apareceu, com seu mona nos braços e veio com devagar, na direção deles. Miúdo Zito parou o gesto e olhou com curiosidade. Naquela hora as mulheres não vinham naquele sítio da prisão, só mesmo nos domingos de manhã quando, às vezes, davam visitas. A mulher passou por eles sem parar e se dirigiu na grande porta onde tocou a campainha. Era Maria, com seu miúdo Bastião, que vinha procurar Domingos.

Depois de sair na esquadra, e da grande chuvada, Maria quis ainda ficar um dia em casa. Tudo fazia-lhe muita confusão na cabeça, sua esperança já saíra embora. E, na frente do choro e das palavras desesperadas da amiga, nga Tété pouco conseguiu fazer. Mas não desistiu, amizade do povo é assim. Deixou-lhe a descansar um dia, porque dormir faz sempre bem. No dia seguinte, muito cedo, mandou embora os filhos para a amiga distrair toda a manhã com miúdo Bastião. Assim passou. E como o sábado nasceu bonito, céu limpo, sol brilhando nas pequenas cubatas espalhadas nos musseques, Maria se distraiu nas palavras que sua amiga ia falando durante os trabalhos domésticos. A esperança começou outra vez a crescer no seu coração. Sô Cardoso chegou, três horas eram já, e como não trabalhava de tarde, se sentou na brincadeira com miúdo Bastião, falando na amiga:

— Ouve só, Maria! Não pode desistir assim. Se você desiste e não procura no teu homem, é o que a polícia quer, que ninguém lhe chateia. Agora assim, se você vai lá sempre com o mona, tem de dar uma resposta...

Maria concordava, mas quando pensava o seu companheiro, tantos dias sem lhe ver, nas palavras do cipaio da Administração da vila, a esperança trazida na confiança dos amigos saía embora outra vez. Mas sô Cardoso não desistiu: falou, brincou com miúdo Bastião, desviou as conversas, e quando cinco horas chegaram, Maria pôs o pano lavado, pegou no mona e, como já sabia o caminho, fez o que os amigos estavam aconselhar. Dirigiu-se na cadeia dessa polícia nova, ficava mesmo junto com o Posto como tinha-lhe indicado o polícia da esquadra.

A tarde caía quieta, o vento xuaxalhava nas folhas das mulembas e mandioqueiras. Meninos brincavam na terra vermelha suas brincadeiras, os mais-velhos olhavam só, mães e filhas lavando ou engomando, papás nas conversas, encostados nas paredes, filosofando da vida. E essa calma de fim de tarde de sábado entrou mesmo em Maria, que foi falando para miúdo Bastião, antes de avistar os miúdos brincando, na frente dos muros da prisão.

Aí, quando Zito viu a mulher tocar na campainha, falhou logo a terceira "tola" que ia meter a bilha de Toneto na "caga". O miúdo deu um salto, gritando de alegria, e recomeçou a jogar:

— Agora vai ver só, Zito! Faço já matança e quero limpas!

— Não vale fazer remanso! — refilou Kamabuindo.

Mas Zito continuava mirar a mulher e nem respondeu. A porta se abriu, depois de palavras trocadas para dentro com o cipaio que tinha espreitado, e Maria, com miúdo Bastião nos braços, passou a porta e entrou. Então miúdo Zito agarrou sua bilha e correu para a cubata do avô. Toneto, Zequinha e

Kamabuindo xingaram seus insultos enquanto ele, nas corridas, se metia no musseque.

— Cagunfas! Fugiste quando ia te matar. Batoteiro!

Mas o menino não ouvia nada que os amigos falavam. Voava, na zuna, na pequena cubata onde vavô, sentado na porta, apanhava os últimos raios de sol da tarde, cachimbando como era seu hábito.

— Vavô, vem com depressa! Tem mulher com mona! Entrou lá dentro, na prisão.

Piscando os olhos gastos, vavô Petelo levantou e deixou segurar a mão no neto, dirigiu-lhe no meio das casas. Guardou seu cachimbo e foi pondo muitas perguntas no menino. Mas Zito não tinha lhe visto bem na mulher, ela trazia só um mona embrulhado, isso jurava mesmo. O resto, cara dela, não lhe vira, estava distraído na bilha.

— Então menino! Te digo para você tomar conta...

— Ai!? Então não tomei? Estou-te dizer, vavô, espera ainda quando ela vai sair.

— E se ela não vai sair?

Ao chegarem na clareira na frente das cubatas, ainda estava discutir com o avô, Zito foi insultado nos amigos, eles já tinham acabado o jogo:

— Medroso! Cagunfas!

— Não tens vergonha! Quando estás ganhar, ficas! Quando estás perder, cavas. Se t'apanho rebento-te as fuças...

Rápido, o menino abaixou e zuniu-lhes uma pedrada. Toneto, Zequinha e Kamabuindo fugiram aos saltos pelo capim cheio de lixo, gritando para trás em altas risotas:

— Takudimoxi! Takudimox'ééé!

Velho Petelo estendeu o dedo médio da mão direita num gesto de asneira e gritou, tão alto quanto lhe permitia a voz:

— Mai'enu, mai'enu!

E quando os meninos desapareceram, lá nos lados do Bairro Indígena, Zito sentou o avô numa pedra e ficou desenhar bonecos no chão enquanto o velho estendia seu olhar esbatido na porta da prisão, tirando no bolso o inseparável cachimbo.

Não passou muito tempo. O sol correu um pouco no céu laranjado nos lados do mar e o vento começou soprar mais fresco, anunciando a noite que chegava com seu passo macio. De repente a porta da cadeia se abriu e Maria saiu chorando, miúdo Bastião nos braços, os panos desfeitos arrastando pelo chão. Gritava, todo o musseque começou ouvir, soluçava. Miúdo Bastião fazia seu berreiro de miúdo assustado e as lágrimas de Maria corriam pela cara abaixo. Gemia e chorava, deixando o vento lhe levar os panos todos soltos. Depois ajoelhou batendo seus punhos na areia vermelha, que começou receber as lágrimas enquanto miúdo Bastião, solto no seu pano, rolava no areal chorando cada vez mais. Mães e filhos, muita gente do povo, começou a aparecer atrás das cubatas, alguns ainda espreitando só, medrosos, outros correndo já na direção da infeliz. Maria, chorosa, gritava:

— Aiuê! Aiuê, meu homem! Aiuê! Lhe mataram, tenho a certeza. Aiuê, aiuê, vou morrer! Vou morrer mesmo. Lhe mataram, eu sei.

Batendo a cabeça na areia se deixou ficar, chorando, repetindo estas palavras. Miúdo Zito estava no meio do povo que rodeou a mulher e lhe ajudou a levantar, toda suja de areia. Uma moça pegara miúdo Bastião, limpava a cara do mona na ponta do pano. Todos tentavam acalmar a dor da desconhecida, a pobre sofria, via-se muito bem. Mas Maria, os olhos muito abertos, olhava e não via ninguém. Tanta gente, mãos amigas agarrando-lhe, falando nos seus ouvidos, mas a sua dor era muito grande, ninguém não podia saber. Aiuê! Seu homem, seu companheiro, Domingos Xavier, amigo de miúdo Bastião. Ninguém como ele, ninguém! Lhe tinham matado, tinha a certeza, coração falava.

— Mas, mana!? Lhe mataram como é? Como você sabe? Se calhar está vivo mesmo...

— Aiuê! Me disseram foi no Porto Alexandre, mas não acredito. O cipaio não quis dizer nada, estava mesmo com vergonha. Eu sei, meu coração está me dizer. Lhe mataram!

E chorava, gritava. Vozes amigas de mulheres envelhecidas falavam que no Porto Alexandre estava longe, mas era melhor que prisão, com jeito ela podia mesmo arranjar para ir lá também, ver o homem. E alguns sorrisos se abriram, queriam mesmo outros iguais de Maria.

— Deixa só, mana, deixa só. Você vai ver mesmo seu homem.

— Não pode! Aiuê! Lhe mataram, eu sei. Senão, por que o cipaio não me falou? Vi nos olhos dele, mataram o meu homem!

Muitas vozes calaram, as razões ficaram suspensas, vozes de mães é que insistiam ainda. E lhe limparam o pano, ajudaram mesmo a pôr o mona nas costas e ficaram a contar os casos daquela irmã que tinha saído no areal soluçando, lamentando seu homem, o seu companheiro. Velho Petelo, em conversas com as mulheres que tinham falado mesmo com a pobre, ficou saber nome do rapaz preso que tinha chegado na carrinha azul, e não precisou mais nada para compreender. O preso, um homem alto e magro, que tinha chegado na outra hora da manhã, amarrado de pés, mãos e pescoço, tinha morrido. Tinham-no matado!

Pegou a mão de miúdo Zito, segredou-lhe uma conversa nos ouvidos e, enquanto as mulheres separavam com devagar, conversando e lamentando a outra, esses tempos de agora — ninguém que sabia quando vinham lhe buscar —, a noite desceu com depressa em cima da cidade. Vavô Petelo, com miúdo Zito no extenso areal sem cor, andou com depressa no Prenda, musseque no outro lado da cidade, longe, na encosta da Maianga, brilhando suas luzes de candeeiro no meio da electricidade das casas dos brancos, que, em todos os lados, ameaçadoramente, vão subindo o morro onde o musseque resiste.

10

Farra é farra, mano! Quem lhe disse que não havia? Quem?... Ala, poça! Esse gajo é da polícia. Se lhe encontro, lhe rebento as fuças, juro, poça, comigo? Não pode! Ele sabe, eu sou perigoso. Não, não é isso, mano. É que a minha cabeça, agora, pensa. É por isso que o gajo tem medo... Elá! Não, assim não. Você, então, estava pensar era só luta de gapses e bassulas que eu fazia? Deixa só, mano. Agora... agora quando agarro na caneta ninguém que me apanha, ninguém, mano. Não falta, Xico, não falta, não? Não falta, João, e você também, Teteco. Por quê? Ora essa! Então você tem farra com o Ngola lá, com todos os amigos lá, com as nossas comidas e as nossas cantigas, e você pergunta por quê? Deixa de partes, aparece, não esquece. E você também, leva suas manas... não faltem!

— Ai, não diz só isso, Guilhermina! Você não vê meu coração sofre? Hum!? Como é, como é? Ená, makutu, não pode! Aposto foi a Fêfa que te disse... Adivinhei então... Deixa só, Marcelina, a rapariga tem inveja... Mas vamos, não é? Pópilas, com o Ngola lá, você diz talvez? Ingrata! 'tá bem, mana, eu sei, Ngola sem sô Liceu, sem Amorim, não é ele. Mas olha só: esse Zé Maria, quando pega da viola, parece até chora, no *Muxima*. Anh? Você vai ver o Fontinhas...? Não estou gostar, mana, não estou... Mina, você não esquece: por si meu coração sofre...

— Ele mesmo quem mandou avisar-lhe. Sim, parece temos conversa. Pronto! Não falta, estão todos. E olha! Leva tua irmã, para disfarçar e para farrar. Farra é farra!...

Por todos os musseques e recantos da cidade onde o povo passa, em encontros, troca de palavras, naquele sábado, a farra do Bairro Operário estava falada. Verdade que não era sabida de toda a gente. Precisava cuidado, nessas horas os jipes corriam no meio das cubatas, tentavam atropelar a teimosa alegria do povo. Só que conhecidos, amigos, aqueles que eram precisos lá, esses sabiam da farra na casa do sô Mussunda, e farra lá, não digo nada! Aquilo sim: música angolana, comida angolana, era tudo! Música brasileira e cubana também, o povo só, baião e merengue! E nada de música de rádio, isso não. Conjunto, mas conjunto do povo, como o Ngola, nessa noite.

Toda a manhã, toda a tarde, mamãs e filhas fizeram as especialidades para levar na farra, a quitaba amarelou sua cor e folhas de bananeiras esconderam a boa quicuanga. Meninos, logo de manhã, foram no mercado, trouxeram a cola e o gengibre para fazer boca, esse bom maqueso. Outras mulheres preparavam um peixe bom para não faltar sempre o velho muzongué, caldo de aguentar forças de farristas já com a madrugada a entrar.

Sete e meia, meninos corriam já, agarrando as gasosas e as garrafas de vinho, cerveja e quitoto, adiantar pôr nas selhas com gelo. E mamãs gordas ou secas dos anos arrumavam as comidas, sopravam fogareiro ou ensaiavam mesmo, no terreiro, passos de antiga massemba, lamentando esses meninos de agora não sabiam essas danças do antigamente: só querem o xaxado, só querem o merengue. E do Prenda, perdido para lá da cidade, da Boavista, de todos musseques, em pequenos grupos, começaram chegar moços e moças. Os mestres do conjunto, esses chegaram mesmo na carrinha dum amigo que lhes deixou e foi embora. Afinaram suas violas, bateram a ngoma e na dicanza Xico fez maravilhas de ritmo "só para chatear", como ele falou.

A farra prometia! Muito tempo já, desde que fecharam no Botafogo, não passava farra assim. Meninos vinham espreitar nas aduelas do quintal, agora aumentado com luandos, e saíam correndo a segredar nos ouvidos das mães ou das irmãs mais velhas. Mas esse baile custara a lhe arranjar.

Tinha saído discussão. Toda uma noite tinha sido passada nas conversas por causa da farra. Mussunda defendia a festa, mas tinha alguns companheiros, especialmente aqueles com família na prisão, que não queriam, não aceitavam.

— Não, mano. Com sô Floriano, Zeca, tantos na prisão, vocês vão fazer uma festa? Poças, não! Parece vida do povo está pra alegria, não é?

Mussunda apaziguava na discussão e tentava, com seu jeito conhecido, conciliar:

— Mas vejam só! Os nossos irmãos estão presos, é verdade! Mas nós não continuamos a viver, a lutar?

— É verdade, continuamos.

— Pronto! E então vocês querem mostrar nos pides parece estão mortos? Não mexem?

— Não é isso, Mussunda, mas...

A discussão acalorava, uns defendiam a ideia da farra, expressão da vitalidade do povo, da sua alegria de viver, impossível de sufocar mesmo prendendo filhos, irmãos, os amigos. Até mesmo, argumentou Mussunda, nossos irmãos são dignos dessa alegria. Na cadeia estão a se portar como são homens de verdade. É preciso que eles sabem que não lhe esquecemos, esta é a nossa homenagem à firmeza dos nossos queridos irmãos.

Discussão nascia outra vez, alguém alvitrava manifestação de pesar no vestuário ou de outra maneira, mas a ideia da farra ia ganhando adeptos, todos começavam aceitar o ponto de vista do alfaiate. E depois, claro, com o Ngola a tocar, sukua! Cada música! Daquelas nossas, do povo.

Alta noite a farra ficou aprovada e tudo começou a se arranjar para o sábado. O único receio era a chuva, mas todo o dia tinha sido bonito, afastara essa preocupação. E com muita alegria tudo ficou preparado.

Nove e meia a farra já prometia. Uns pares já dançavam, mas o conjunto ainda não estava quente. Algumas mulheres cochichavam nos cantos e os suinguistas dos musseques comparavam suas calças ou falavam de garotas. Mussunda andava num lado e noutro, sempre nas corridas, falando com toda a gente, tanto faz é moço com cabeça tanto faz é moço suingue, sempre havendo uma palavra certa, boa em cada caso, o que fazia toda gente do seu lado. Comentários apareciam quando ele saía:

— Verdade mesmo, mano. Esse sô Mussunda é dos bons. A gente pode confiar nele.

— Pópilas! Como esse, nenhum que eu conheço!

Mas quando, mais tarde, apareceu Miguel com sua irmã Bebiana, Mussunda saiu no grupo dos dirigentes do Botafogo (Xico Kafundanga olhou, com amor, Bebiana) e foi receber no amigo, grande sorriso, abraçando-lhe e trazendo a menina embaixo duma mandioqueira. Bebiana começou falar com Xico e ele depois foi no viola do conjunto pedir uma música. Toda a gente começou dançar, segredando palavras de amor nas moças ou soltando graças uns nos outros. O conjunto estava bom: Fontinhas cantava e Zé Maria, o viola, já tinha começado a fazer seus truques com o instrumento, todo o mundo aplaudia. E cada qual foi conversando, rindo, enquanto os músicos iam lá dentro beber vinho com gasosa, quitoto ou cerveja, como eles queriam.

Mussunda pegara Miguel num braço e, embaixo da mandioqueira, ouvia o amigo contar a viagem até na barragem. Miguel contou, com todos pormenores, como não tinha dado encontro em ninguém; o que tinha sabido do preso; e, mais baixo, ainda com surpresa na voz, aquela tarde que mostrara-lhe tanta coisa. Mussunda sorriu, ouvia satisfeito.

— Poça, mano! Como é ia adivinhar. Você disse para lhe procurar só, se não encontrava mais ninguém. Procurei, procurei, nada! Nem na mãe dele! Comi meu almoço com ela, e então fui procurar o nome que você deu. Ená! Quando me levaram lá, para falar com ele, estava mesmo para pedir desculpa e sair embora. Pensei: Mussunda se enganou, se calhar tem duas pessoas com esse nome aqui na obra...

Mussunda continua sorrir, acena nos amigos que estão chegar, cumprimentando mas ouvindo sempre o relato.

— É verdade, mano. Sim, senhor: o engenheiro mandou que lhe procurasse às seis horas, na casa dele. Mostrou onde era, e na hora que eu vinha embora, minha cabeça ainda estava a andar à roda, ele adiantou em voz alta, para o desenhador ouvir: "Talvez te arranje emprego. Passa lá em minha casa!"

A farra à volta se animava. Os pares balouçam no ritmo e o conjunto vibra o ar com suas canções. Zé Maria faz estragos com a viola, pena o rapaz da ngoma não ser o Amorim, esse mulato, pópilas, é que era o melhor.

— Mas conta, mano, conta tudo.

— Pois é. Seis horas eu estava lá e quando bati foi mesmo a senhora que apareceu. Senhora nova, parecia ainda é criança. Mandou entrar, me sentei. Poça! Tanto livro do Silvestre! Depois ele chegou, falou comigo, perguntou por você e me levou na garagem. Aí, pronto! Encontrei o rapaz. Tinha lá mesmo sua cama e comida e tudo...

A farra aumenta o ritmo, no pequeno quintal está cheio e os pés dos dançarinos levantam uma fina poeira vermelha que se agarra depressa nos sapatos. Na cozinha a confusão aumenta e as selhas com gelo são constantemente renovadas de garrafas. Fontinhas canta *Muxima*, o grande êxito do conjunto. Mussunda interrompe no amigo, diz:

— Miguel, quando começo ouvir o *Muxima* lembro mesmo mano Liceu...

— Deixa! Ele ainda um dia vai cantar o *Muxima* outra vez para todos nós.

Mussunda nao responde: lembra os irmãos presos, seu exemplo para todos cá fora. Ainda bem que tinha conseguido a farra. Eles mereciam que se festejasse a sua coragem. E, na animação da farra, ninguém notou que, na porta do fundo, está entrar um rapaz magro e seco, traz um branco de óculos de grossas lentes. Só Mussanda lhes descobre por fim e corre para eles.

— Sousa, até que enfim! Aiuê, mano! Ainda bem, ainda bem. Silvestre, como vai?

— Bem, Mussunda, e você?

— Nem preciso vos dizer mais nada, vejam só com os vossos olhos. Então, engenheiro, beba...

O engenheiro diz que sim e estende sua vista pela festa. Ao fundo muitas moças estão rodeando Xico João. Não há dúvida, aquele rapaz era terrível. Só que agora Bebiana está com ele, vaidosa de ser a preferida quando todas suas amigas querem riscar no chão com os passos malucos desse Xico que dança como joga futebol. No grupo, Irene se afasta dengosa, vem se aproximar de Mussunda e, sorrindo, cumprimenta. O engenheiro vai para dentro com Mussunda, que vigia na cozinha e vai procurando os doces, como gosta de fazer. Cá fora Sousinha e Irene começam falar coisas que muito tempo já não podiam dizer.

A noite desce no caminho de domingo, pares desenham no chão vermelho todos os caprichos do ritmo angolano, Zé Maria, Fontinhas, Toneto, são os reis da farra. E quando o número acaba, no meio da salva de palmas, Zé Maria puxa a viola e, enxugando o suor com seu lenço branco, fala para os farristas:

— Amigos! Para festejar bem esta farra que vocês convidaram o nosso conjunto, queremos agora tocar para vós... e para todos eles... percebem... o samba da autoria do nosso irmão, fundador do conjunto: Carlos Aniceto...

Uma salva de palmas abafou nas últimas palavras de Zé Maria. Mussunda, Silvestre, Sousinha, Miguel, Xico e Irene já não ouviram o fim, só chegavam lá dentro, na sala onde estavam reunidos, as palmas ruidosas dos farristas se divertindo.

A canção começou com o ritmo da ngoma, lento, acompanhado na dicanza, tocando Xôdô de cabeça baixa. Zé Maria entrou dedilhando. E ninguém dança ainda quando Fontinhas, com sua voz magoada, começa cantar:

Este mundo anda empenhado
Em me afastar
Não sei qual a razão
Se capricho ou embirração
Eu não lhe acho razão
Se o mundo a razão me explicar
Eu imploro perdão...

No silêncio que se fez sai uma expectativa curiosa. Suspensos da boca de Fontinhas, moços e moças se chegam e olham. O vento vem, com devagar, xaxualhar nas folhas das mandioqueiras. E, enquanto Zé Maria canta com a viola, Fontinhas já vai longe:

Haverá nisso segredo
Que o duro destino
Não quer revelar?
Qual será ele o segredo
Que me sinto preso
Sem poder lutar?

E a recordação de sô Liceu, preso tanto tempo já sem ninguém saber quando vão lhe soltar, corre no meio dos pares quietos no terreiro. A voz macia de mano Liceu, o jeito malandro de Liceu cantar, essa viola de sô Liceu... Aiuê, quando, quando vamos ouvir? Um dia com certeza...

Este ambiente pesado
Que estão arranjando à volta de mim
Deixa-me preocupado
Mas vejo afinal
Que ainda não estou no fim.

Verdade, mano Liceu, verdade. Você ainda não está no fim, todos estamos contigo em tua prisão. Fontinhas canta tua cantiga, o Ngola toca tuas músicas, o povo não esquece, mano Liceu. O ritmo continua. Fontinhas calou, moços e moças fazem agora coro. Aí toda a gente começa outra vez a dançar.

Dentro da sala, Mussunda e os amigos ouviam a voz do Fontinhas, a canção e o silêncio que se fez enquanto ele cantava. Silvestre estava muito atento, enquanto Mussunda sorria, sorria feliz. Depois continuaram novamente na discussão até que, farra adiantada, alguém bateu na porta da sala:

— Quem é?

— Estão procurar sô Xico, Xico Kafundanga!

— Quem é?

— Tem um mais-velho com um miúdo.

Xico João se levantou, abriu a porta e deslizou no meio dos dançarinos dando encontrão à esquerda e à direita. Cá fora, no escuro da noite só quebrado no pálido luar, velho Petelo, pela mão de miúdo Zito, esperava. Xico puxou-lhes num canto mas velho Petelo começou logo falar:

— Te procuramos antes do jantar, nada! Te procuramos depois do jantar, nada! Só agora é que falaram você estava nesta farra.

— Mas conta então, conta. Tem coisa nova?

— Aiuê, mano, má notícia mesmo...

E chegando a boca desdentada no ouvido de Xico, segredou a confusão da tarde, a saída da mulher da prisão e tudo quanto tinha conseguido saber nas mulheres e homens que tinham falado na infeliz. E ficou a se lamentar, agora que dava encontro com mano Xico, tanto lhe procurara.

Xico João agarrou velho Petelo no braço e puxou-lhe para dentro, dentro do quintal da farra, com o neto. Deu doces no menino, deu um copo no avô. Depois é que se afastou com devagar, e tornou a entrar na sala onde estavam reunidos.

Quando os pares viram velho Petelo e o menino, a cara

de Xico, muito séria, atravessar o quintal, e depois Mussunda sair, cara fechada como o alfaiate nunca tinha, Irene, Sousinha e o rapaz branco atrás, pararam a farra. Calou a dicanza, a ngoma também. Zé Maria pousou sua viola, muda. Mussunda avançou bem no meio do quintal, limpou sua cara na manga da camisa, começou falar, calmo, a voz solene:

— Irmãos africanos...

Todos olhares estavam presos em sô Mussunda, esperavam as suas palavras, mas sabiam que uma coisa triste tinha se passado. O alfaiate olhou à sua volta, as caras fechadas ou ainda sorridentes, em expectativa, viu Silvestre detrás do estrado do conjunto, falou de novo:

— Irmãos angolanos. Um irmão veio dizer mataram um nosso camarada. Se chamava Domingos Xavier e era tratorista. Nunca fez mal a ninguém, só queria o bem do seu povo e da sua terra. Fiz parar esta farra só para dizer isto, não é para acabar, porque a nossa alegria é grande: nosso irmão se portou como homem, não falou os assuntos do seu povo, não se vendeu. Não vamos chorar mais a sua morte porque, Domingos António Xavier, você começa hoje a sua vida de verdade no coração do povo angolano...

E nem o vento se atrevia a xuaxalhar as folhas das mulembas quando Mussunda alfaiate falava assim.

10 de Novembro de 1961.

GLOSSÁRIO

Aiuê, mon'a mbundu!: *Ai, pretinho!; Ai, filhinho de preto!*

Alfe: num time de futebol, zagueiro, defesa central, (do Inglês: *half*); béque: (do Inglês: *half-back*).

Anhara: planície com vegetação rasteira; charneca tropical.

Bassula: golpe de luta.

Berrida (dar berrida): com berro, fazer fugir, correr.

Bessá: saudação (do Português: bênção).

Bicha: fila.

Bola-de-cotexú: bola de couro com uma câmara interior de borracha (cautchou).

Cabiri (cabíri; *kabiri*): animal miúdo; cão de raça desconhecida; vira-latas.

Cambuta: pessoa de baixa estatura.

Candengue: criança.

Cáqui (caqui): tom de marrom, semelhante à cor do barro; tecido com essa cor, muito utilizado em uniformes (fardas).

Carrinha: transporte coletivo de tamanho médio; van; lotação.

Cavalo-marinho (cavalmarinho): espécie de chicote feito com pele de hipopótamo.

Cazumbi: alma do outro mundo.

Dicanza: instrumento musical; reco-reco.

Dongo: canoa.

Fuba: farinha de mandioca, milho, batata-doce ou massambala (espécie de milho), utilizada no preparo do *funji* (ou *funje*).

Funji (funje): massa de fuba cozida; espécie de pirão que acompanha várias iguarias. Prato tradicional da culinária angolana.

Gapse: golpe de luta; braço à volta do pescoço.

Imbamba: coisa; pertence; traste; bagagem.

Januário: pássaro canoro, vermelho e branco.

Luando: esteira de papiro que enrola no sentido da largura.

Maboque: fruto do maboqueiro, arbusto espinhoso cujos frutos, da cor da laranja, têm casca dura e polpa acidulada.

Mafumeira (mufumeira): árvore de grande porte, de cuja madeira se fazem canoas e de cujos frutos se extrai uma fibra leve; similar à paineira; sumaúma.

Mai'einu!: Tua mãe!

Mais-velho; Mais-velha: ancião; anciã; pessoa sábia.

Makutu!: Mentira!

Makutu'ê!: Mentira-é!

Maqueso: cola mais gengibre, que se mastiga pela manhã.

Marreco: aquele que tem marreca (corcunda).

Massambala: tipo de cereal; sorgo.

Massango: tipo de milho de grão miúdo; mexoeira (Moçambique).

Massemba: umbigada, em dança.

Matabicho: primeira refeição do dia; café da manhã.

Mataco: nádegas; traseiro.

Mateba: fibra da folha da matebeira, uma das muitas espécies de palmeira angolana.

Matumbo: ignorante; estúpido.

Maximbombo: ônibus; autocarro.

Mona: criança; jovem; filho. Também aparece nas formas *monandengue* e *monandengo*.

Monandengue (monandengo): criança; jovem.

Múcua: fruto do imbondeiro.

Mulemba: mulembeira; árvore de grande porte; também conhecida como "figueira africana", típica da paisagem de Luanda.

Musseque: bairro urbano ou suburbano, com ruas de areia (de onde provém o topônimo), habitado por segmentos pobres da população de Luanda. Espaço importante nas lutas anticoloniais.

Muzongué: caldo de peixe acompanhado de mandioca, batata-doce e jindungo.

Nga: Senhora.

Ngoma: tambor.

Ngulu: porco.

Pírulas: pássaro canoro, acinzentado, que anuncia a chuva.
Pópilas!: Arre! Caramba! Safa!
Quedes: calçado em lona e borracha, de fabrico local; tipo de tênis.
Quicuanga: espécie de queijo de mandioca fermentada.
Quifune: cafuné; carícia com as unhas no couro cabeludo ou com o fim de matar piolhos.
Quinjongo: gafanhoto grande.
Quitaba: petisco feito de amendoim, sal e jindungo amassados.
Quitanda (kitanda): mercado.
Quitande: purê de feijão com azeite de dendê.
Quitoto: bebida tradicional (cerveja de milho).
Salalé: formiga branca; térmite; cupim.
Secretária: mesa de trabalho; escrivaninha.
Sukua!: Poça! Pópilas! Arreda!
Takudimoxi: uma-nádega.
Topiar: troçar.
Xaxualhar: restolhar; o ruído do vento nos ramos e folhas.
Ximba: cipaio; soldado.
Zuna: com muita velocidade (do verbo zunir).

SOBRE A OBRA

Pepetela

Angola

A vida verdadeira de Domingos Xavier, de Luandino Vieira, é o primeiro romance retratando a luta de libertação de Angola. É, portanto, um livro seminal na literatura angolana. Já não seria pouca coisa. Além do mais, baseia-se numa sequência lógica de anteriores contos de Luandino que, em passinhos aparentemente mais mansos, vão colocando os grãos de areia necessários para o surgimento do livro, sobretudo com a descrição das vidas de sofrimento dos colonizados perante a brutalidade do regime proto-fascista de Salazar, do racismo, das injustiças perpetradas pelos auto-proclamados civilizados e civilizadores. O romance é a consagração do que apreendemos nos contos. Claro que não poderia ser publicado por nenhuma gráfica de Angola ou Portugal, e foi passando em cópias sucessivas e clandestinas por um grupo interessado de angolanos, como um estandarte que deveria ser empunhado na luta inevitável pela independência nacional. Inspirou para a acção os que o puderam ler e encorajou alguns que tinham a aspiração de escrever sobre o mesmo tema.

Como diria alguma personagem de Jorge Amado: Saravá, Luandino.

Carmen Tindó Secco

Brasil

A vida verdadeira de Domingos Xavier, de Luandino Vieira (1961) é um clássico da literatura angolana. Essa obra me atrai por seu questionamento aos regimes opressores e pela intertextualidade com a poesia de Agostinho Neto e o cinema de Sarah Maldoror, particularmente com o filme *Sambizanga* (1972), adaptação do referido romance. Tanto na narrativa cinematográfica, como na romanesca, o protagonista Domingos Xavier, revolucionário preso pela polícia portuguesa, é, arbitrariamente, levado para o calabouço. Como no poema "Mussunda Amigo", de Agostinho Neto, dá sua vida pela liberdade de Angola. Mussunda é o alfaiate que politiza a consciência dos demais.

Em *Sambizanga* e no romance, há a utopia da libertação de Angola e a crítica ao colonialismo português. Contudo, os enredos tomam perspectivas diversas. No romance, o narrador, a cada capítulo, dá voz a um personagem. No filme, imagens-ações, direcionadas pelo olhar de Maria, esposa de Domingos, vão escoltando seu deambular à cata do marido. A canção "Caminho do Mato", cuja letra é um poema de Agostinho Neto, traz poesia ao filme, seguindo a busca angustiada de Maria, à medida que denuncia o trabalho forçado imposto pelo regime colonial.

Rita Chaves

Brasil

Um dos primeiros livros publicados no Brasil na célebre coleção Autores Africanos, *A vida verdadeira de Domingos Xavier* trouxe-nos o sobressalto gerado pelas grandes revelações. O encontro com Luandino Vieira trazia-nos o impacto de uma literatura que, sem descuidar do compromisso com a transformação que a realidade colonial exigia, avança no desejo de ir além do essencial programa daquele tempo naquele espaço: libertar Angola, fundar um país.

Situando-se dialeticamente no encontro entre a lealdade a valores éticos e a aposta em um poderoso senso estético, a força da obra está em uma linguagem apta a refletir os complexos movimentos de tantas vidas. Ao escrever sobre a vida de um homem, o Domingos do título, Luandino traz-nos o itinerário de uma mulher em confronto direto com a opressão colonial em todas as suas dimensões. Assim, a estória de um herói popular combina-se exemplarmente com o percurso de sua companheira. Sem recorrer aos jargões, ele nos coloca diante de uma obra aberta à perspectiva feminina, característica muito bem trabalhada em *Sambizanga* por Sarah Maldoror, a excelente diretora da adaptação para o cinema.

Só podemos celebrar a reedição dessa obra que salta no tempo e faz perdurar o impacto que nos levou, a tantos de nós, a "descobrir" Angola naqueles complicados anos que envolveram as lutas de libertação. Mais que um documento, ela permanece fundando Angola e multiplicando a força do imaginário que, entre verdades tão diversas, cerca sua geografia e sua história.

O AUTOR

JOSÉ VIEIRA MATEUS DA GRAÇA, nome literário JOSÉ LUANDINO VIEIRA, nasceu em 4 de maio de 1935, na Lagoa do Furadouro, em Ourém, Portugal. Passou a infância e a juventude em Luanda, Angola, onde fez os estudos primários e secundários.

Luandino Vieira é cidadão angolano por sua militância pela independência de Angola. Participou na luta de libertação angolana do colonialismo português e no nascimento da República Popular de Angola.

Foi preso em 1959 e 1961 pela PIDE (Polícia Internacional e de Defesa do Estado), a polícia portuguesa, e condenado a 14 anos de prisão. Em 1964, foi transferido para o Campo de Concentração do Tarrafal, na ilha de Santiago, arquipélago de Cabo Verde, onde passou 8 anos. Foi libertado em 1972, em regime de residência vigiada em Lisboa.

Escreveu muitos livros nos períodos em que foi perseguido e esteve preso, dentre eles *Nós, os do Makusulu* e *A vida verdadeira de Domingos Xavier*, publicados pela Kapulana no Brasil.

Em 1965, recebeu, por seu livro *Luuanda*, o Grande Prémio de Novela, da Sociedade Portuguesa de Escritores. A censura portuguesa proibiu qualquer referência ao prêmio, e a Sociedade foi extinta naquele mesmo ano.

Regressou a Angola em 1975, após a independência do país, agora denominado República Popular de Angola. De 1975 a 1979, foi Diretor do Departamento de Orientação Revolucionária do MPLA. Foi responsável pelo Instituto Angolano de Cinema (1979-1984). É cofundador da União dos Escritores Angolanos, de que foi secretário-geral (1975-1980 e 1985-1992).

Cessou sua participação pública em 1992, por ocasião das primeiras eleições gerais, passando a se dedicar apenas à atividade de escritor.

A OBRA

1957: *A cidade e a infância.*
1961: *A vida verdadeira de Domingos Xavier.* Kapulana 2024.
1961: *Duas histórias de pequenos burgueses.*
1963: *Luuanda.*
1968: *Vidas novas.*
1974: *Velhas histórias.*
1974: *Duas histórias.*
1974: *No antigamente, na vida.*
1974: *Nós, os do Makulusu.* Kapulana, 2019.
1978: *Macandumba.*
1979: *João Vêncio. Os seus amores.*
1981: *Lourentinho, Dona Antónia de Sousa Neto & eu.*
1986: *História da baciazinha de Quitaba.*
1998: *Kapapa: pássaros e peixes.*
2003: *Nosso Musseque.*
2006: A *guerra dos fazedores de chuva com os caçadores de nuvens. Guerra para crianças.*
2006: *O livro dos rios* (vol. I da trilogia *De rios velhos e guerrilheiros*).
2012: *O livro dos guerrilheiros* (vol. II da trilogia *De rios velhos e guerrilheiros*).
2015: *Papéis da prisão.*

PRÊMIOS

1961: 1º prémio do Conto da Sociedade Cultural de Angola: Luanda, Angola.

1962: 1º prémio João Dias da Casa dos Estudantes do Império: Lisboa, Portugal.

1963: 1º e 2º prémios do Conto da Associação dos Naturais de Angola: Luanda, Angola.

1964: 1º prémio D. Maria José Abrantes Mota Veiga: Luanda, Angola (pelo livro *Luuanda*, de 1963).

1965: 1º Grande Prémio de Novelística, da Sociedade Portuguesa de Escritores: Lisboa, Portugal (pelo livro *Luuanda*, de 1963).

2006: Prémio Camões. (recusado pelo autor).

2008: Prémio Nacional de Cultura e Artes: Luanda, Angola.

2021: Escritor Galego Universal, pela AELG.

Fontes:	Libre Baskerville (Impallari Type)
	Open Sans (Steve Matteson)
	Unna (Omnibus-Type)
Miolo:	Avena 70 gr/m²
Capas:	Papel Duo Design 250/m²
Impressão:	Maistype